Sonya
ソーニャ文庫

偽りの護衛は聖女に堕ちる

ちろりん

イースト・プレス

contents

序章

ひゅう……と喉の奥が歪(いびつ)に鳴った。

上手く空気を取り込めなくて、何度も何度も喘(あえ)ぐように息をする。

馬車の客車の座部の間にしゃがみ込み、身を隠す。手を突いた床はヒヤリと冷たく、緊張で血の気が引いた身体をさらに冷やした。

鼓動が全身を震わせている。そう錯覚してしまうほどにローレンの心臓はバクバクと早鐘を打っていた。

（……どうしてこんなことに）

先ほどまで何の変哲もない日常を送っていたはずだった。

ところが、道を走っていた馬車が急に停まり、言い争う声が聞こえてきた。

一緒に客車に乗っていたお目付役のエズラが血相を変えて、小窓から外を窺(うかが)う。

馭者(ぎょしゃ)の助けを乞う声が聞こえ、空気が張りつめた。

「身を屈めていなさい……っ！」

青褪(あおざ)めたエズラがローレンの頭を押さえつけながら、潜めた声で叫ぶ。

何が起こっているのか。音からは容易に想像できるのに、理解するのを頭が拒否する。

じゃり、じゃり、と土を踏み締める音が近づいてくる。

恐怖でせり上がる嗚咽（おえつ）。今にも外にまで漏れ聞こえてしまいそうで、必死に手で口を覆って耐えた。

ところが、無情にも客車の扉は開け放たれる。

「いやっ」

後ろ襟を掴（つか）まれ、そのまま引きずり出された。

地面に放り投げられ、ローレンは受け身も取れずに手や膝を打ちつけた。

痛みに呻（うめ）きながらも、必死に上体を捻り自分にこんな仕打ちをした人間を仰ぎ見る。

屈強な、破落戸（ごろつき）風の見知らぬ男。

「お～……聖女様と呼ばれるくらいだから、どれほど別嬪（べっぴん）かと思っていたが……なるほどこれはなかなか……」

男は、手に握り締めた剣をゆらゆらと揺らして、ローレンを見下ろした。

その刃先がいつ自分の身体に突き立てられるか分からない。地面の上を這（は）いつくばるように手足を必死に動かした。

「おいおい、逃げるなよ。余計に苦しむだけだぜ？」

「きゃっ！」

スカートの裾を踏みつけられ、その場に縫い留められる。

客車に視線を送ったが、エズラは腰が抜けてしまっているようで震えながら驚愕の面持ちを向けてくるだけだった。

「聖女様ってもんは、こういうときでも命乞いさえしないもんなのか？　どっちにしろ、意味ないけどな」

まるで何もできないローレンをいたぶって楽しんでいるかのよう。

「悪く思うなよ」

男は、下卑た笑みを浮かべて剣を振り上げる。ローレンは慄きながらそれを見つめることしかできなかった。

――だが、次の瞬間、強い風がローレンの頰を撫で、視界で何かが一閃する。

ローレンは目の前の光景に釘づけになった。

剣が一瞬のうちになくなってしまったのだ。腕ごと斬り取られて。

剣を握り締めたままの腕は、ローレンの上に降り落ちてこようとしていた。ところが、すんでのところで誰かがそれを摑み、阻止する。

ローレンの隣に黒髪の男が立っていた。

彼が助けてくれたのだろうか。

ローレンは恩人の顔を見つめた。彼は一切こちらを見ずに、男を睨みつけながら、手にした腕を遠くに放り投げる。

そして、痛みに悶え叫ぶ男の顔を鷲摑みにし、押し倒して地面へと沈めてしまう。

「少し黙っていろ」

冷たい声でそう言うと、彼は男の顎を蹴り上げて意識を失わせた。

あっという間のできごとだった。ローレンを瞬く間に助けてくれた男性は馬車に向かって駆ける。

襲ってきた男には仲間がいたのだろう。馭者に剣を突きつけていた男をも、彼は真一文字に斬り裂いてすぐに制してしまった。

ローレンは瞬きをすることも忘れて男性に見入った。

彼が助けてくれたのは神の思し召しか、それとも父の計らいなのか。

ひとまず安堵(あんど)の吐息を漏らすものの、先ほどまで恐怖で嫌な音を立てていた心臓の速さは変わらない。

そのとき、ローレンを殺そうとした男の姿が目に入った。腕から血がとうとうと流れている。

ローレンは反射的に自分の頭につけていたヴェールを取り、男へにじり寄った。

間近で斬り合いを見たのは初めてだった。他の貴族のように強盗に遭ったこともなければ、殺されそうになったこともない。こんなに多量の血を見るのも初めてだった。

吐き気をもよおすほどの血の匂いが立ち込めている。

足が震えて立ち上がることもできず、情けないほどに動揺していたが、骨や肉が見えている腕を手に取り、止血のためにヴェールをきつく巻きつけた。

これでどうにか血が止まってくれればいいのだけれど。

以前、慈善事業で診療所を訪問したときに見た医師の処置を見様見真似でやってみたが、果たして正解なのか。

ローレンはこれ以上何をすべきなのかと頭の中で思いを巡らせながら、意識がない男の様子をぼんやり見つめていた。

不意に頭の上に影が差す。

真っ黒なブーツが見えて、その持ち主を見上げた。

ローレンを助けてくれた男性が、じぃっとこちらを見つめ、何をしているのか分からないとでもいうように、理解できないものを目にした表情を浮かべている。侮蔑さえ交じった不躾なほどに真っ直ぐな視線に居心地の悪い思いをしながら、ローレンは恐る恐る聞いてみた。

「……あの、この処置で間違いないでしょうか？　これ以上血が流れないように縛ってみたのですが……」

他にいい方法はないだろうか。ローレンは彼に教えを乞う。

すると、男性は目を細めた。瞳の奥がスッと冷えて、感情を漆黒の奥に閉じ込めたように見えた。

だが、すぐにその表情は柔らかくなり、人の好さそうな笑みを浮かべてきた。

「自分を殺そうとした人間を助けようとしているのですか？　放っておけばいいのに」

表情や声は柔和だが、言葉は冷ややかだった。

気圧されそうになるが、ローレンは怯む心をグッと抑える。

「……ですが、放っておけば死んでしまいます」

「あぁ、なるほど、襲撃の理由を吐かせるために生かすというわけですか」

「ち、違います。ただ、人が死ぬのを黙って見ているのは……」

見殺しにするのは道義にもとる。

それに、人は善の心を持って生まれてくる、生まれながらの悪人などいないのだと孤児院のシスターに教わった。

だから、この人にも善の心があるはず。ローレンを殺そうとしたにしても、だからと言ってこちらも殺していいということにはならないだろう。

「――お優しい方なのですね、貴女は」

男性は称賛めいた言葉を口にする。

けれども、それには嘲笑も交じっていて。

柔和な笑顔なのに凍ったような目をしていた。

ひやりと背筋に冷たいものが落ちる。

「いつかその優しさが仇となり、貴女自身を滅ぼすかもしれないのに」

刺すような言葉に、思わず息を呑んだ。

「……なるほど貴女は貧しい人々を救うだけの『聖女』様ではなく、心まで清らかってわ

けだ」

エル＝ウィステリア国の貧困に喘ぐ者たちの前に現れた、聖女。差し出す手は貧富の隔てなく、弱きを救う救世主。

ここ数年、そう呼ばれてきたローレンは、男性の明け透けな言葉にキュッと唇を噛み締めた。

第一章

「絶対にマッキンジムに決まっている！　卑怯者のあいつがしそうなことだ！」

父は額に青筋を立てながら怒鳴りつけた。

怒りと焦燥感で居ても立ってもいられないのだろう。ウロウロと歩き回り鼻息を荒くしている。

「お、落ち着いてください、旦那様。確証があるわけでは……」

「馬鹿者！　証拠など残すものか！　ローレンを殺したとなれば国王の怒りを買い、宰相となるどころか失脚しかねないのだからな！」

エズラは父の怒りをどうにか収めようと言葉をかけたが、逆に睨みつけられた。気休めの言葉など今は聞く気はないということなのだろう。

あのあと、ローレンを襲ってきた男たちにエズラが尋問をしたが、見知らぬ男に金を貰ってやったと言うだけだった。実際は、エズラはろくに口が利ける状態ではなくて、ローレンを助けた黒髪の男が尋問したのだったが。

「マッキンジムは焦っている。王太子妃候補のローレンを亡き者にして、こちらの勢いを削ごうとしているのだろう。この私に恐れをなしてな」

娘が襲われた恐怖や心配よりもマッキンジムへの怒りが強いのは、誰の目から見ても明らかだった。

少しの綻びも許さないとばかりに、エズラに怒りをぶつけるのもそのせいだ。

今は時期が悪い。エズラもそれが分かっているからこそ、父の怒りを一身に受け止めるしかないのだろう。

四十過ぎで痩せ型の彼は、今もなお襲撃されたときの恐怖に震えている。カチャカチャとせわしく眼鏡の蔓（つる）を弄（いじ）るのは、不安の表れだ。

「おお、ローレン……怖かっただろう……」

一通り叫んで気が済んだのか、ようやく父はローレンへと視線を向けてきた。

太い眉尻を下げて、怒鳴り声で委縮していたローレンの身体を包み込むように抱き締めてくる。

「お父様……ありがとうございます」

父にこんなにも心配をかけてしまったことへの申し訳なさに、ローレンは背中に手を回してそれを受け入れた。

こんなふうに抱き締めてもらったのはどれくらいぶりだろうとふと考える。

「お前は私の大切な一人娘だ。お前に何かあったらと思うと気が気でない」

父の必死な声に、彼がどれほどまでにローレンを喪うことを恐れているかが分かった。

ただそれは、娘としてなのか、それとも。

ふと過(よぎ)った卑屈な考えを振り払う。そんなことはどうだっていいのだと。

エインズワース伯爵である父は、もともと力を持った貴族ではなかった。

財力があるわけでも軍事力があるわけでも、領地が広大なわけでも肥沃(ひよく)なわけでもない、凡庸な家だ。

社交界で見向きもされない、弱小貴族と言ってもいいだろう。

ところがそんな父が、今はこの国の政局を担う宰相候補として名を挙げられている。

ことの発端はローレンが慈善活動を始めたことだ。母を亡くし、自分に関心のない父と二人になって落ち込んでいたところを、伯母が孤児院に連れて行ってくれた七歳の頃。

孤児に自分のぬいぐるみをあげて喜ばれ、こんな自分にもできることがある、誰かを笑顔にすることができるのだと知り、認められた気がした。

孤児院から始まり、救護院、災害難民への支援など、でき得る限りのことをしてきた。ただただ、自分ができることを追い求めて、ひた走る日々。

ローレンの活動は噂(うわさ)となり、救いの手を求める人たちが徐々に増えていった。そしてこう呼ばれるようになる。聖女と。

ローレンの評判が上がるとともに、父はいつしか人情派の貴族として庶民の人気を得るようになった。貴族としての存在感も増していく。

だが、それを面白くないと思う人間がいた。マッキンジム侯爵だ。

マッキンジム侯爵家は数多の宰相を輩出している有力貴族であり、現当主であるロブ・マッキンジムも次期宰相になるだろうと目されていた傑物だ。

ところが、ローレンの父の人気のおかげで翳りを見せる。

現宰相が引退を仄めかしている今、国王は次期宰相の指名を控えている。巷ではエインズワースかマッキンジムかと動向を見守っている状態だ。

だが、現状、情勢はローレンの父が優位だと見られている。

それというのも、王太子が、聖女と呼ばれているローレンを王太子妃にと望んでいるからだ。

この国の王家は貴賤意識が強く、貴族優遇の政策を進めていた。平民を圧倒的な弱者に追い込んで支配する、それがこの国のやり方だ。

そのためローレンの慈善活動は、弱者の意識を高め謀反に繋がりかねないと警戒され、邪魔されることもあった。そのせいか、ローレンのように表立って慈善活動をする貴族はいない。

ところが、他国から聞こえてくる民衆蜂起の話、たびたび地方で起こるようになった税に苦しむ領民たちの領主襲撃。

時代の大きなうねりがいつ王都にやってくるか、もはやそれは時間の問題だった。

残念なことに、現王はそれに対し政治を転換する能力はなく、かといって毅然と対応できる器でもなく、日に日に弱腰な態度を見せつつあった。噂では現実から逃げるように色事に耽っているのだとか。

だから、民衆に人気があるローレン、ひいては父を自分の懐に取り込もうとしている。王の名のもとでローレンに慈善活動をさせれば、聖女の影響力も支配下に置けるし、民衆の感謝も王家に向けられる。そんな打算で王家はローレンに王太子との婚約を申し出るつもりなのだ。

もちろんローレンの父はそれを期待しているし、自分が宰相になることを強く望んでいる。

「いいか、ローレン。命を狙われて恐ろしい思いをしているだろうが、ここで負けてはいかん。お前は、決して屈しないという毅然とした態度で臨まないといけないよ」

父は優しい声で、ローレンを諭すように言う。

弱気な態度は一切見せるべきではないのだと。

「お前はこの国の『聖女』だ。その二つ名にふさわしい、清廉で芯の強いところを敵に見せつけなさい」

「はい、お父様」

「今は動かなくてはいけないときだということは分かるな？　お前には護衛をつけて、王太子との結婚まで必ず守る。ただし、万が一、襲われて死に瀕することがあっても取り乱したりするな。何があっても最期まで皆が求める聖女でありなさい」

あくまで「聖女」でいること。それが父にとっても皆にとっても望ましい形なのだ。それに否やはない。

もちろん褒めそやされたいから慈善活動をしているわけではない。

本来なら救われるべき人たちが救われず、打ち捨てられている現実をどうにかしたいからこそだ。

ローレン自身にも慈善活動をやめるという選択肢はなかった。

「はい、お父様」

「エズラ、今日助けてくれたあの若者など護衛にどうだ？　随分と腕が立つそうじゃないか」

「え、ええ、そうですね。身元を明らかにして、怪しい部分がなければそのように。あともうひとりくらい必要でしょう」

「よいよい。エズラ、お前に一任する」

「承知致しました」

父とエズラが勝手にローレンの身の回りのことを決めていく。こちらの意見など聞く素振りもない。

いつものことだが、今回ばかりは複雑な心境だった。

正直、怖い。今日だって震えて足腰が立たないくらいだった。

けれども、ローレンはこの現実を粛々と受け止めるしかない。父が言うのなら最期まで聖女でいよう。

また、父が宰相になるその日まで、何ごとも起きないように万全を期すべきなのだ。

ローレンは自分にそう言い聞かせながら、フッと力を入れていた拳を緩やかに解いた。


父の執務室を出て、ゆっくりと廊下を歩く。できれば今すぐにでも休みたかったが、心の置きどころがないというか心許ないというか。

何となく部屋に帰る気分になれずに、そっと窓の外を見た。

あの窓の向こうに危険が潜んでいるかもしれない。

ソワリと背中が震えて、グッと胃がせり上がってくるような感覚がローレンを苛(さいな)んだ。

「――ローレン様」

不意に声をかけられてハッと我に返る。

気持ちを取り直し、平静を装いながら声のした方を見遣った。

「シリウスさん」

上手く笑えているだろうか。自分ではよく分からなかった。

ローレンを助けてくれた彼は、シリウス・リグビーと名乗った。傭兵(ようへい)を生業(なりわい)としており、あのときは偶然通りかかったのだそうだ。

エズラがシリウスを、半ば強引にここまで連れてきた。ローレン襲撃をよそで言いふらされないための措置だと言っていたが、本当のところ怖くてシリウスにいてほしかったといった方が正解だ。

エズラは、報酬を渡すからと彼を引き留めている。

ローレンは、血で穢(けが)れたドレスを着替えるために屋敷に到着早々部屋に向かってしまったので、シリウスが今まで何をしていたかは分からない。

エズラに待たされて手持ち無沙汰になったのだろう。気晴らしに屋敷内を歩いているように見えた。

「申し訳ございません。いつまでも引き留めてしまって」

「いいえ、特に急ぎの用もありませんし、問題ありません」

柔和な笑みで、優しい。

助けたとき一瞬見せた冷たさはなく、今はローレンに人当たりよく接してくれている。まるで、あのとき見た顔は幻だったかのようだ。

実際、シリウスのこの態度にホッとしている自分がいる。

彼の見目のいい顔で睨まれたら、竦(すく)み上がってしまうだろう。

漆黒の髪の毛に同じ色の瞳。その相貌は目を合わせることを躊躇(ためら)ってしまうほどに整っている。

二重(ふたえ)の幅が広い目は涼やかで、鼻梁(びりょう)がスッと通っていて高く、唇は厚い。美しくも男らしい顔立ちが魅力的な彼は、まるで絵画から飛び出してきたかのよう。

年頃の娘ならば誰もが、シリウスの容貌に頬を染めているところだ。

ローレンも十八歳と年頃の娘ではあるが、出会いが出会いなだけに浮かれるような心を持つことはできない。

　少しの気まずさと申し訳なさと、そして感謝と。シリウスを目の前にして、それらが次から次へと溢れ出てきた。

「……シリウスさん、改めてお礼を。助けていただき、本当にありがとうございます」

「お礼ならもう聞き飽きましたよ、ローレン様。俺はただ、できることをしたまでのこと」

　彼の言う通り、何度お礼を言ったか分からない。けれども、何度言っても足りないくらいに感謝をしているのだ。

　さすがにしつこすぎただろうか。もうやめにしなければと、気を取り直して彼に笑みを向けた。

「それで、今後は貴女に護衛をつけることになりました？」

「どうしてそれを……」

「自明の理でしょう。これで護衛のひとりもつけずに外に出るとおっしゃるのであれば……まぁ、危機感のなさに驚くしかないでしょうね」

　途中、随分と言葉を選んでいるように見えた。

　シリウスもローレンには護衛は必要だと判断しているようだ。

「もちろん、屋敷に引き篭もるという選択肢もありますが」

「いえ、それは……」

ローレンの中にはないものだと口にしようと思ったが、また危機感がないと言われてしまうだろうかと口を噤む。

「どうやら、ないようですね、その選択肢は」

だが、それだけでシリウスには分かってしまったのだろう。苦笑いをして、仕方ないですねといった顔をしていた。

「あぁ、シリウス、ここにいましたか。こちらに来なさい。エインズワース伯爵がお呼びです」

父の執務室から出てきたエズラが、手招く。

「もしかして、貴女の護衛になれという打診でしょうか」

シリウスはそっとローレンの耳元で囁き、エズラのもとへと去っていった。

もし、打診されれば引き受けるのだろうか。

そうなればいい……とは素直に思えなかった。

シリウスの人当たりのいい態度や物腰の柔らかさは好ましいが、ときおり見せる鋭利さ、容赦のなさが心臓に悪い。

生来、ローレンは人付き合いというものが苦手だ。

慈善事業上の付き合いであれば割り切って話すことができるのだが、こと私的な会話に関してはとんと下手で、躊躇いを抱いてしまう。

以前は慈善活動をすることで国王の不興を買っていたので、社交界デビューの機会も失い、それ以降顔も出していない。

本当は人見知りをする性質なのに、誰にでも分け隔てなく接し、笑顔を向ける。最近は特に父にもエズラにも、そして貧しい人たちにも完璧な聖女であることを求められるからなおさらだ。

ピンと張りつめた緊張感をもって生活している。

さらに、シリウスにローレンの心を覗き込むような瞳を毎日向けられたら。考えただけで心に重い靄のようなものがかかっていった。

――だが数日後、護衛だと紹介された中にシリウスがいた。

そしてもうひとり。

「俺はライオネル・ディラック。よろしく、聖女様」

背が高いシリウスと、こちらもまた背が高く筋骨隆々ないかにも屈強そうなライオネルがローレンの目の前に並ぶ。雄々しい雰囲気に、自然と背筋が伸びた。

「雇われの傭兵を長年やってきたんで、あんまり畏まった感じは得意じゃないんだけど、そこんとこは大目に見てくれると助かるよ」

顔にも腕にも傷があり強面で、立っているだけで威圧感を覚え、怖い。だが、口を開くと相好が崩れて人好きしそうな雰囲気になった。

意外にもとっつきやすそうな男だ。

「――改めてご挨拶を。シリウス・リグビーです。これからどうぞよろしくお願い致します、ローレン様」

「おふたりとも、これからどうぞよろしくお願い致します」

シリウスはエズラの身元調査に合格してローレンの護衛を引き受けたらしい。

顔合わせもそこそこに、エズラはふたりの仕事について簡単に説明をした。

昼夜を問わずローレンの側に侍る(はべ)こと。外はもちろんのこと、屋敷においても部屋の中か廊下で待機することになる。

夜は交代制で寝ずの番をするのだと聞いて、そこまでしなくてもいいのではと言ったのだが、エズラに睨みつけられてしまった。

金を払った分の働きはしてもらうつもりだと、彼はふたりにも横柄に言った。

「どうか、ご自分の命を優先していただいて、無理はなさいませんよう……」

戦闘など、シリウスが助けてくれたときしか見たことがないが、危険な仕事であることは身をもって知っている。まさに命のやり取り。

軽々しくローレンのために命をかけろとは言えなかった。

「心配はありがたいんだけどな、俺らの仕事は身を挺(てい)して聖女様を守ることだから、自分の命を優先にはできないんだよ。そのために大金を貰っているわけだしな」

「も、申し訳ございません、余計なことを……」

なるほど、あくまで仕事だからと彼らは割り切っているのだろう。己の無知を恥じ入った。

「ローレン様はそれだけ俺たちのことを慮(おもんぱか)ってくださっているということだろう。そんなに突っかかるな、ライオネル」

「悪かったよ。そんなつもりじゃなかったんだけどな、そう聞こえたのなら謝る」

委縮してしまったローレンをフォローするかのように、シリウスがライオネルを窘(たしな)める。

ライオネルも悪気はないのだろう。すぐに謝ってくれた。

ふたりの護衛にぴったりとくっつかれて過ごすことに息苦しさを感じるかと危惧(きぐ)していたが、杞憂(きゆう)に終わりそうだ。驚くほどに気まずさを感じない。

ライオネルは陽気で話し上手だし、何よりシリウスがそっとローレンを気遣って手助けしてくれる。

言葉を詰まらせたり、何と答えていいか分からずに逡巡(しゅんじゅん)したりしていると、さりげなく先に導いてくれた。

ライオネルは、普段は雇われで商人の荷馬車の護衛を主な生業としているらしい。

国境近くの紛争に参加したり、盗賊退治をしたこともあるのだとか。これまでの武勇伝を嬉々(きき)として聞かせてくれた。

自分が知らない世界には、興味をそそられる。見たことのないものには想像を掻(か)き立てられて、探求心を刺激された。

「シリウスさんも傭兵をされていたのですよね？　やはり、ライオネルさんのように武勇伝がたくさんあるのですか？」

できれば、彼の話も聞いてみたい。そう思って話を振ってみたのだが、シリウスはにこりと微笑んでたった一言で済ましてしまった。

「大したことは特に」

どこか突き放されているようにも思えた。

自分のことを語るのは得意ではない人もいる。彼もそうなのかもしれないし、護衛対象とは一線を引きたいのかもしれない。

彼の優しさに心が温かくなると思えば、不意に冷たく突き離される。その温度差に振り回されている、そんな心地になった。

だが、仕事ぶりは丁寧かつ迅速で、ライオネルも感心するほどだ。

ローレンが行く先々に先回りして安全確認をし、逃走経路の確保もしっかりと行ってくれている。

驚いたことに、毒見役も買って出てくれた。

「俺の身体は多少の毒では影響を受けないように慣らされていますから、問題ありません」

こともなげにそう言って、ローレンの口に入るものを吟味（ぎんみ）するのだ。

「毒に慣れているのですか……？　そ、それはどのようにして？」

「毎日少量の毒を口にして耐性をつけます」

「そんなことを？　どうして……」

「ただの好奇心です」

笑顔でさらりと言われてしまえば、その先を追及することもできなかった。

翌日はさっそく慈善活動の予定が入っている。

危険に飛び込むようなものだ。活動をやめるつもりはないとはいえ、不安が渦巻いていた。

前回は難を逃れたが、次はどうなるか分からない。ふたりの腕を疑っているわけではないが、不測の事態に陥る可能性だって否めないのだ。

運命は選べない。思わぬ方向へと知らぬうちに導かれていくことは、この世の常だ。

絶対などないとローレンは知っている。

(……あのふたりはきっといらないと言うのだろうけれど)

ローレンは抽斗(ひきだし)の中からそれを取り出して見つめる。

聖女ミューアを模した小さな像。手のひらに収まるくらいのそれは、よく孤児院の子どもたちに贈っているお守りだ。

ミューアは迫りくる敵国の軍に単身乗り込んで、ジアジャル教の教えを説いて敵将を説得し、撤退させたと言われている。

飛び交う矢は身体をかすりもせず、襲いかかる刃は神の聖なる加護の力で跳ね返した。

そんな彼女は、守護聖人として崇め奉られている。

同じ「聖女」という名で呼ばれているローレンではあるが、同列に並べられることすら恥ずかしいとときおり思う。

　本来ならローレンは聖女と呼ばれるようなことはしていない。

　この国の貧困が、ただの人間を聖女に押し上げた。

　誰しもができることをやっているに過ぎない。特別じゃない。それなのにシリウスたちに命を賭してまで守ってもらっている。

　罪悪感と、そこはかとない焦燥感がこみ上げてきた。

（今、私にできることはこんなことくらいしかないのね）

　ときおり、無力感に苛まれる。「聖女」という呼び名だけが先行して、実際にローレンができることなど何て微々たるものかと。

「……どうかあのふたりを守って」

　聖女ミューアの像に祈りを込める。ローレンにとっては切なる願いだった。

　次の日、屋敷を出立する前にふたりを呼び止めてお守りを渡す。

　ライオネルはそれを物珍しそうな顔で眺め、シリウスは怪訝そうな顔で見つめていた。

「……これは？」

　シリウスが不審そうな声で聞いてくる。

「お守りです。聖女ミューアはあらゆる厄災から身を守ってくれる守護聖人で、おふたりの安全を願う気持ちと申しますか、願かけのようなものです」

「へぇ～……ミューアのメダルは貰ったりするけどな。こういうのは初めてだ」

「エインズワースの領内ではこの形のお守りが一般的でして。孤児院の子どもたちにも渡しているのですが、皆物珍しそうな顔をしますね」

まさに今のライオネルのような顔だ。

彼の顔が子どもたちのそれに重なって見えて、また孤児院に行きたいという気持ちが強くなった。最近なかなか行けずにいるせいもあるだろう。

「中に何か入っていますね。音がする」

お守りを横に振って音を確かめているシリウスの眉間に皺(しわ)が寄る。

「それは中に……あ！　ま、待ってください！　シリウスさん！」

説明しようとした矢先に、彼が像を割ろうとしている姿を見て慌てて声をかけた。

ところが制止の声は間に合わずに、お守りは綺麗(きれい)に真っ二つに割れてしまう。

「……石？」

割れた像の中から出てきたものを手に取り、不思議そうに呟(つぶや)いた。

「あ～あ、お前、お守りを割る奴があるかよ、罰当たりな」

「中に何が入っているかも分からないものを持ち歩くわけにはいかないだろう？　念のために確認しただけだ」

「お守りなんだから、まじないの品か何かが入っているに決まっているだろ？　どれだけ疑り深いんだよ」

お守りを目の前で割られてしまい衝撃を受けて固まっていたローレンだったが、シリウスは気に入らないからとか、いらないからとかでそんなことをしたのではないらしい。

「それで、この石は何のために入っているのですか？」

シリウスは不可解で仕方がないようだ。お守りについて分からないところをとことん突き詰めようとしていた。

（……もしかして、お守りを貰ったことがないのかしら？）

お守りなんてものは、ごく一般的に親しい間柄で渡したり渡されたりするものだと思っていたが、シリウスはそういうことがなかったのかもしれない。

「この石は、ミューアに加護を与えていたと言われているアメジストの欠片です。ミューアの像だけではお守りは完成されず、このアメジストを入れることで加護の力が与えられるのです」

「……なるほど、そういうものなのですね」

ようやく合点がいったのか、シリウスはお守りを割れたまま懐にしまってしまった。

そこへエズラが呼びにきて、ローレンの格好を見て目を剝いた。

「何ですか！　その格好は！」

今日は紺色のワンピースを身につけていたのだが、どうやらそれがお気に召さなかったらしい。

怒鳴りつけ、今すぐ着替えてこいと言ってくる。

ローレンが自分の格好を見下ろし慌てていると、スッとシリウスが間に入ってきた。

「俺がローレン様に提案したのです。彼女の銀色の髪の毛だけでも目立つのに、さらに全身真っ白な服を着られては目立って仕方がない」

　昨日のうちにシリウスが言ってくれたのだ。地味で目立たない格好の方が守りやすいと。だからそのようにしたのだが、エズラにはそんなことはどうでもいいらしい。

「あの白い衣装は意味があってそうしているのです！　ローレン様をさらに聖女たらしめるために、絶対に必要なことなのですよ！」

　ライオネルも一緒になってエズラを説得したのだが、頑として許してくれなかった。

「……申し訳ございません。急いで着替えてきますので、お待ちいただけますか？」

　肩身の狭い思いで頭を下げると、三人には廊下で待ってもらう。ひとりになった途端、密かに腹の中に溜まった靄のようなものをふぅ……と吐き出した。

　真っ白なドレスに、足元まで広がるマリアヴェール。それが、エズラに決められたローレンの服装だった。銀色の髪の毛も相俟って、全身が純白なその姿は、いかにも聖女らしく清純さを醸し出すのだそう。

　エズラ曰く、そういう演出が大事らしい。

　言動もさることながら、容姿や服装もまた、その人のイメージや地位を形作る大事な要素になるのだから、手を抜いてはいけないのだそうだ。

　食べるものに関してもそうだ。菜食を強いられ、肉や魚を久しく口にしていない。

　印象形成といったか。エズラはいたくそれに厳しい人だ。最近はローレンをことさら聖女に仕立て上げようとしている。

ローレンの身を案じて提案してくれたシリウスの親切を踏みにじるようで心苦しい。

けれども、父が望む聖女でいるためには脱ぐしかなかった。

「お待たせしました」

急いで着替えをし、部屋の扉を開ける。

いつもの真っ白な服に着替えたローレンを見たエズラは、満足そうに頷いていた。

「へぇ～……やっぱりそういう格好すると、聖女様らしく見えるな。皆が崇めたくなるのも分かるってもんだ。神々しくて見ているだけで拝みたくなる」

「……あ、ありがとうございます」

ライオネルは褒めてくれたつもりなのだろうが、ローレンは素直に受け取ることができなかった。気まずさが先立つ。

さり気なく視線を逸らすと、不意に視界の端にシリウスが映る。

何か言いたそうに口を薄く開いた彼は、結局言葉をくれずにこちらを見据えるだけだった。

「お守り、効くといいですね」

馬車への道すがら、シリウスが周りに聞こえないようにそっと囁く。

「そう願っております」

ローレンは力強く頷くと、彼は目を細めて口端を持ち上げた。

「どうか気を抜かれませんよう。俺たちがいるとはいえ、最後の砦は貴女自身です、ローレン様」

「……もちろん分かってます、よ？」

　どうして今さらそんなことを言うのだろう。もしかして、ローレンの態度に思うところがあったのだろうかと心配になる。

「そうですか。ならば、外に出てからのお楽しみですね。貴女がどこまで俺が言ったことの意味を理解できているのか、見せていただきます」

　シリウスの言葉は、額面通りに受け取ればおそらく気にすることもないのだろう。けれどもどこか含みがあるように思えて仕方がなかった。

「聖女様、馬車の準備ができたようだぞ」

　ライオネルがもう出発できると伝えてくれる。彼の言葉に誘われて門扉の向こうに停まっている馬車を見遣り、小さく溜息を吐いた。

　ライオネルは狭い空間を嫌うのか、自分は馬に乗って警護をさせてもらうと言ってすでに屋敷が用意した馬の手綱を握っていた。

　客車にはローレンとシリウスとエズラの三人が乗り込むことになる。

　どことなく居心地の悪さを感じていたローレンは、気まずい思いで椅子に座った。

　そんな中、エズラの今日の予定についての話が続いていく。

「診療所では、ウェクスラー伯爵の寄付であるとしっかりとお伝えくださいね。忘れずに」

「ええ」

誰からの寄付、誰からの救いの手。

それをわざわざ主張しなければならないのもおかしな話だ。

何もウェクスラー伯爵だけの寄付で今回の物資を購入したわけではない。表立ってではなくとも、多くの人が資金や物資を提供してくれているからこそ、ローレンは人々に届けられる。

だが、訪問して物資を届けるたびにどこの誰が寄付をしてくれたと、特定の人物の名前を出して主張しなければならない。

それも父が望むのなら仕方ないとも思う。

いわゆる父を支援するエインズワース派の貴族たちが、貧困層におもねる姿勢を取ることによって、自分たちはマッキンジム派とは違うのだという姿勢を見せるためだ。

ただ、王の手前、表立っての支援ができないために、ローレンを通しての資金援助が多い。

襲撃を受けたことは公にはせず、表向きには体調が優れずに休養を取っていたとしていたローレンは、行く先々で労いの言葉をかけられる。

診療所でも炊き出しの現場でも、利用者たちがローレンの手を取り復調を喜んでくれていた。

そのあとで父の友人に挨拶回りをしに行ったときも同じような言葉を貰ったが、すぐに話はローレンが王太子妃に選ばれるのをいかに望んでいるかというものにすり替わる。

それでも、今日一日、危険な目に遭うことなく、皆が無事に帰路につけたことが嬉しい。

これからもそんな日が続けばいいのにと思っていた。

屋敷に戻り、シリウスが安全確認を終えた部屋に足を踏み入れる。久しぶりに外に出て笑顔を保っていたせいか、すっかり気疲れして口数が少なくなっていた。

すんなりと自室に入れないことに戸惑いつつもカウチの上に腰を落ち着けた。身体が沈み込んでいくようだ。

知らず溜息を吐いたローレンをじっと見ていたシリウスが声をかけてくる。

「ローレン様、貴女が本当にしたいことは何なのでしょうか？」

「え……っと、それは、どういう意味ですか……？」

唐突な問いに戸惑っていると、シリウスはそれには答えずじっとローレンの目を探るように覗き込んでいたかと思うと、スッと目の前に傅く。

「今日一日貴女を見て、お伝えしたいことがあります」

「は、はい！」

何かまずいことでもしていただろうか。それともローレンが知らないうちに危険が忍び寄っていたのか。

シリウスの真剣な面持ちに緊張を走らせながら、少々前かがみになりながら耳を傾ける。

「人との距離が近すぎます」

「……そうおっしゃいますと？」

「人に無防備に近づきすぎだという話です。もし、あの中に刺客がいたら貴女は殺されていたでしょう」

シリウスの冷ややかな言葉に、背筋がゾクリと震える。

「そんな……皆さん昔からの知り合いですし、いい人です。私を害しようなどと、そんな恐ろしいことをするなんてとても……」

皆、ローレンに救いを求めてやってきている人たちだ。手伝いをしてくれる職員たちも志を同じくする人たちばかり。父の友人の貴族たちもローレンを殺すことは損になると思っているはず。

襲ってくる敵は、外部の人間だろう。たとえば、先日の襲撃の男のような。

そう思っていたローレンにとって、シリウスの言葉は衝撃的だった。

「殺されたくなければローレン様を殺してこいと脅されていたら？　もし、家族が人質に取られていたら？　あなたの言う善の心を持っていても、貴女に刃を向ける理由はいくらでも作れる。つまり善人でも人殺しをするということです」

顔見知りだから、いい人だから。

それはもう信用する材料にはならないのだと、シリウスは現実を突きつけてきた。

もうお前の周りには安全など存在しないのだと言われているかのよう。

「私にすべての人を疑えと言うのですか？」

甘い考えは一切捨てろ。命を守るのであれば、そのくらいの覚悟が必要だと彼は知らしめる。

「最後の砦は貴女自身だと言ったでしょう？　貴女が自分を守ろうとしなければ、結局は何も意味をなさないのです」

たしかにそう言われていた。

しかし、その場でローレンの行動を注意せずに、すべて終わってからの指摘。実に巧妙に、ローレンの危機感のなさを確実に打ちのめす。

「ローレン様、手を貸していただけますか？」

落ち込むローレンにシリウスは、自分の手をこちらに差し出していた。

言われるがままに手を出すと、彼は握手をしてきた。

「今日も、炊き出しの利用者に握手を求められていましたね」

シリウスの言う通り、ローレンはよく握手を求められる。挨拶で手を差し出してくれる人もいれば、感謝の気持ちを伝えようとしてくれる人、中にはご利益があると握手をせがむ人もいる。

ローレンにとってはよくあることだ。

ところが、シリウスは握り締めた手をグイっと自分の方へと引っ張り、ローレンの体勢を崩した。前のめりになり、シリウスに向かって身体が傾く。

そのまま彼に倒れ込むかと思いきや、シリウスはローレンの首に手をかけてきた。

ウっと息を詰まらせ圧迫感に喘いだものの、手に力が込められていなかったおかげで首が絞まることはなかった。

――だが、命を握られている感覚がローレンを襲う。

シリウスは変わらず笑みを浮かべているのだが、逆にそれが恐ろしい。瞳の奥に仄暗い光が見えて、背筋がゾッとした。

「こうやって、貴女を一瞬のうちに殺すことができる。もちろん、そうなる前に俺が助けます。ですが、手で首を絞められるのではなく、刃物を持っていたら？　さらには武器が刃物ではなく、猛毒を仕込まれた針だったら？」

今度は握った手に力を込めてそちらに意識を向けさせる。

「それで握手したときに刺されてしまえば、さすがの俺も貴女を守り切れないでしょう。分かりますか？　貴女は自ら命を投げ出している」

今日ローレンがいかに危機感のない行動に出ていたかを実演してしらしめたシリウスは、そっと手を放し、労わるように摑んだ首を撫でた。

「貴女は俺が守る。けれども、貴女自身も自らを守っていただかなければいけません」

首を撫でるシリウスの指先は冷たく、ローレンの心までも凍りつかせる。

一瞬のうちに命を握られる感覚に、今もなお慄き震える。

外からでも中からでも敵は容赦なくローレンを狙ってやってくる。やはり安全な場所などもう存在しないのだと、嘆くように顔を伏せた。

「……私は、そうまでして殺したいと思われるようなことをしているのでしょうか。ただ……私はひとりでも多くの人を救いたいだけなのに……」

襲われたあとに感じていたのは恐怖。そして、どれほど善意を尽くしても誰かにとってはそれが悪になるかもしれないという絶望だった。

狙われる理由は分かっている。父の宰相への道を断つために、その足掛かりとなっているローレンを、王太子の婚約者となる前に消してしまいたいのだと。

けれども、それは殺すほどのことなのだろうか。自分が宰相になりたいという欲望のために。

考えれば考えるほどに気持ちが臥せっていく。

「殺人に、誰しもが納得できるような理由はありません。善悪の基準など人の数だけあるのですから」

そんな中、シリウスは優しい声でローレンに教えを与えてくれる。

生きてきた中で、考えたこともない人の欲望についてを。

「人間にはあらゆる欲がありますが、人を殺したいと欲することほど利己的で身勝手な悪はない。邪魔だから、ただそれだけのために手にかけるのですから」

「私を守るために剣を振るうなら、シリウスさんもまた悪だということですか？」

そうは思えない。

困惑の目で彼を見ると、シリウスは答えの代わりに意味深な笑みをこちらに返してきた。

「どちらにせよ、考えても詮無いことです。結果が同じなら、殺す動機となった欲がいいものか悪いものか、善人か悪人かなど関係ありますか？　殺されるときは意味もなく殺されることもある。ならば、こちらはそうならないように策を講じるだけ。相手の殺したいという欲、自分の殺されたくないという欲。そのふたつしかないんです」

納得できないのは、ただローレンが世間知らずだからだろうか。それとも考えが甘いからか。

すべてを敵だと疑うには、ローレンはあまりにも純真すぎた。

「知っていますか？　悪人の方がしぶとく生き残るのですよ、この世の中。不思議なことにね」

意地悪なことを言いながら、シリウスは懐に手を入れて何かを取り出す。

彼の手に握り締められたものを見て、ローレンは目を見開き尻込みをした。

「……何故、短剣を」

息を吞み、その意図を探る。

するとシリウスはくるりと短剣を反転させて鞘の部分を握り、こちらに握りの部分を向けてきた。

「俺にお守りをくださったでしょう？　ならばこれはそのお礼と思ってください」

「……お礼、ですか？」

お守りのお礼に、まさか短剣を渡されるとは思いもしなかった。

普段ならありがたくいただくところだが、物が物だ。素直に手を出しにくかった。

「これは、貴女のお守りです。そして、人の欲を知る道標（みちしるべ）」

「で、ですが、私がそれを持つのは……少々障りがあるかと」

父やエズラはローレンの聖女像にこだわる。救いを求める人たちもまた同じだろう。

そうでなくとも武器を携帯する令嬢など聞いたことがない。持っているだけで暴力性を孕（はら）んでいるとみなされる。

ローレンが王太子妃に選ばれるかどうかの瀬戸際に、そんなリスクは冒せないと誰しもが咎（とが）めるだろう。

けれども、シリウスはローレンの言い分を重々承知しながらも、なお短剣を引っ込めることをせず、逆に近づけてくる。

「恐ろしいですか？」

「……もちろんです」

「ですが、これを持っていればこみ上げてくるのは、恐怖ばかりではなくなります。一度感じてみるといい、再び刃を向けられたときこれを使わずにいられるのか。――貴女の中に、本当に最も身勝手で罪深い欲が生まれいずることがないのかを」

どんなときでも自分のために人を傷つけないと言えるのか。

シリウスは試すようなことを言ってローレンを揺さぶってくる。

断っても渡すつもりでいたのだろう。彼は指で丁寧にローレンの手を開き、短剣を握らせてくる。思っていた以上にズシリと重かった。

「もしくは、実際に使う場面があるとすれば、俺が貴女を守り切れなくなったとき。これを使うことがないように願をかけてみてはいかがです？」

腰を上げたシリウスは、顔色を失くしたローレンを見下ろす。

何故だろう。笑顔の裏に彼が苛立ちのようなものを隠しているように思えた。

「……シリウスさん」

「では、明日は貴女が危機感を持って動いてくださることを祈っております。――命を賭してでも聖女でありたいのであれば、お好きに」

廊下で待機していますと言い残し、シリウスは部屋を出ていく。

彼の背中を見送ったあと、しばし動けなくなっていたローレンは、ゆっくりと手の中にある短剣に目を落とした。

手が震えている。呼吸が浅くて、空気が頭にまで回らず、酩酊感をもたらす。

お守りか、身勝手な欲の象徴か。

使う人によってその意味を変えていくそれをローレンに委ねて、己の本性を見つめ直せと言っているのか。彼の真意は分からない。

鞘と柄をそれぞれの手で握り、ゆっくりと刃を露わにする。

刃の鋭い光は、ローレンが襲われたときに突きつけられたものと同じだ。人を害しようとする決意の光。

脳裏に自分が刺される姿を思い浮かべて、急いで刃を鞘に納めて目を逸らす。恐怖で心臓が凍えてしまいそうだった。

シリウスは、ローレンの中途半端な覚悟が気に入らないのだ。何をしてでも生き残る覚悟もないくせに護衛をつけてでも外に出ようとする。

危機感のなさも、人を信じようとする甘い態度も、彼にしてみれば何もかもが気に障るのかもしれない。ズンと心が沈む。

けれども、ローレンにもまた、譲れないものがあって。

ただの考えなしで外に出たいと思っているわけではない。恐怖を押して、救いを求める人たちが望む限り応えたい。

そして、父が聖女ローレンを望んでいる。

シリウスに渡された短剣の意味も重みも、関係ないと投げ捨てることができないローレンは、今一度考える。

もし、皆が倒れて自分ひとりしかいない状況になったら、果たしてこの短剣を使うのだろうか。

利己的な欲が一瞬上回って、自分を守るのか。

(……分からない)

死にたいわけでは決してない。凶刃の前にこの身を投げるような聖女でありたいわけでもない。生きたいと願う。

それでも、今まで培ってきたローレンの倫理観が、価値観が、生きるために武器を持つということを素直によしとはしてくれないのだ。

——でも、それは同時にシリウスやライオネルの生き様を否定するような気もしてならない。自分の手を汚さず、彼らが手を汚すのはいいのか。明らかな矛盾。

新たな価値観を自分の中に取り込むのは、なかなか容易ではなかった。

ふぅ……と張りつめた空気を吐き出し、一旦肩の力を抜く。

何はともあれ、エズラや、ましてや父に見つかれば面倒なことになってしまう。

お守りとしては物々しい短剣を、布の中に隠して、抽斗を閉める。

秘密を持ってしまったような背徳感に胸を騒めかせた。

明日もまた、外に出る。

迷いに揺らぐ心のまま、シリウスに答えを示せないまま、中途半端に外に出てしまってもいいのだろうか。

今まで迷いを持ったとしても、心の中には一本通った想いのようなものがあった。それに準じれば、おのずと答えが見えてきたのに今は靄がかかって何も見えない。

——どうしよう。

その言葉だけが頭の中を巡っていく。

夜になってベッドの中に入っても、なかなか寝つけずに長い夜を過ごした。

真夜中の静けさは、心地いい。

人の声も姿もない闇夜は煩わせるものもなく、この身を容易に隠してくれるのも好ましい。

足音を立てずに歩くのが癖になってしまっているシリウスは、夜の番をライオネルと交代したあと一階へと降りていった。

厨房を抜けて裏口の扉に手をかける。建てつけが悪いのか少し動かすと軋む音がするそれを、慎重に開けて外に出た。

青白い月の光がシリウスを照らし、何の感情も映さない相貌を露わにする。

だが、月光が照らしていたのは彼の姿だけではない。

裏口から少し歩いたところにある、五角形の屋根がついた釣瓶式の井戸。そこから男がひとり現れたのだ。

シリウスはその男に迷いもなく近づき、目の前で足を止める。

「どうも、旦那。上手く潜り込めたようで何より」

男は馴れ馴れしい様子で話しかけるが、シリウスは一瞥をくれたあとに素っ気なく視線を逸らした。

「相変わらず愛想がない。それで聖女様を籠絡できるんですか？」

男はつまらなそうな顔でシリウスを責める。それすらも興味がないとばかりに無視を決め込んだシリウスに、男は諦観の溜息を吐いた。

「まぁ、追い出されていないということは、成功したってことですね。マッキンジム様にそのようにお伝えしますよ」

「ああ」

ローレンに見せる柔和な笑顔とは違って、シリウスは凪いだ瞳で視線を宙に向ける。男からすれば、ちゃんと話を聞いているのか聞いていないのか分からないだろう。

だが、シリウスは生来こういう性格だ。

もともと他人にも自分にも興味が薄く、最低限の会話しかしない。むしろ、ローレンに対しては口を開きすぎて疲れるくらいだ。

「また定刻通りに来ますから」

「ああ」

「……本当に分かっているのかな、この人」

あまりにぞんざいな返事に不満に思ったのか、男は悪態を吐く。

シリウスはスッとそちらに視線を遣り、「往け」と冷たく言い放った。

男はムッとした顔をしたものの、「ではまた」と軽く挨拶をして去っていく。シリウスは彼が完全に姿を消したのを確認してからその場をあとにした。

――ローレンを王太子妃候補から引きずり落とす。

この国の王家の男は、血筋なのか好色な者が多く、相手の男女を問わず愛人を持っている。王も王太子も然り。マッキンジム家はそこにつけ込んで勢力を広げ維持してきた家だ。ところがその一方で、正妃選びは慎重だ。何せ、自分たちの醜聞を隠すための大切な隠れ蓑として、血筋のたしかな貴族令嬢が選ばれ、なおかつ清廉なイメージの者が好まれる。

ローレンはまさにうってつけだろう。

さらに、王家はローレンの聖女としての人気も込みで彼女を欲しがっている。求心力を失っている今、是が非でも王家に取り込んでその人気を利用したいと目論んでいるのだ。

シリウスがロブ・マッキンジムから与えられた使命は、実に単純明快で、ローレンを篭絡し性的な関係になり、清らかなイメージを守り続けていた聖女を堕落させること。

たとえ、彼女の処女を奪っても、聖女としての人気が衰えないのであれば意味がない。王太子が欲しているのは聖女のイメージだ。それを壊さなければならない。

たとえば、ただ殺すだけでは彼女は神格化されて民の人気は永遠のものとなるだろう。エインズワース伯爵はきっとそれを利用する。

だから、ローレンの聖女としての民衆の人気を貶め、それによって王太子妃候補から外す。そのためにローレンをただの女にする。しかも誰も聖女とは呼ばなくなるほどの色狂いに堕とす。

それがシリウスの計画だ。

先ほどの連絡係の男を使って破落戸を雇わせ、ローレンを襲ったところを救う。そして護衛として懐に潜り込む。

目の前で敵を倒す姿を見せれば、それほどの腕前があると自身の目で確認できるのだ。見知らぬ人間を雇うよりはマシだろう。

とんとん拍子にいった。

ローレンの隣にいて、優しい言葉をかけて心を開かせて、するりと彼女の中に入り込む。

ただ困ったことに、ローレンという女は思った以上に世間知らずな上に、中身まで聖女だった。襲われても、襲ってきた相手の手当てをしてしまうほど。

盲目的なまでに父親を信じ、彼の思う通りに生きていれば間違いないとさえ思っている節がある。聖女であることが何よりも大切なのだと、純粋に思っているのだ。

これでは簡単に身体を開きはしないだろう。何も疑いを持たない純粋な心ほど厄介なものはない。父が絶対に許さないからと、少しの綻びすら恐れる始末だ。

少しずつ、少しずつ穴を開けて崩していかなければ。今、自分が信じているものは、こんなにも欲に塗れたおぞましいものだと知らしめ、彼女の中の聖女たらしめているものを削ってやるのだ。

父親を信じ、その部下であるエズラに反論することもできずに自分の言葉を呑み込む令嬢。

何故か彼女を見ていると苛立ちがこみ上げてくる。

つい隠し切れずに冷たい言葉を投げかけてしまう。

（……らしくない）

無機質なこの心を、偽りの仮面で隠して人を騙すなど幾度となく行ってきたというのに、ローレンの前ではときおり仮面が剝がれそうになる。

――それはもしかすると。

昔の愚かな自分が脳裏に浮かび、掻き消すように頭を振る。

とにかく、あれで少しは、人間には欲があり、そのためには人を傷つけることもいとわないということを思い知ればいい。

人を疑い、もっと自我を剝き出しにして、自分はいかに理不尽な状況に置かれているのか、他の人間に左右される人生がいかに愚かなものなのかと気づくことができれば。

皆が求める聖女であることをローレンが放棄すれば、そこから堕とすことは容易い。

さっそく、明日、彼女の揺れる心に寄り添うような言葉をくれてやろうか。

本来の自分を取り戻したシリウスは、人の仮面を心に被せて屋敷の中に戻っていった。

――ところが次の日。

「おはようございます、シリウスさん」

目の前に現れたのは、毅然とした姿でこちらを見るローレン。

昨日あれほどまでに泣きそうな顔をしていたくせに、不安も恐怖もおくびにも出さない清廉とした姿。

ジリ……とシリウスの胸は焦げつくような感覚がした。

第二章

「おはようございます、シリウスさん」

　本当は怖かった。彼の目の前に立ち、言葉を交わすことが。

　悩みに悩み、考えあぐねたものの、一晩で答えを出せるような安易な問題でもない。むしろ、何日悩んだとしても割り切ることなどできないのだろう。

　明確な答えは出ないものの、それでもローレンなりにシリウスに伝えたいことがあった。

「おはようございます、ローレン様」

　シリウスもいつもと変わりない態度で挨拶をしてくれる。それに内心ホッとしながら、ローレンは笑みを返す。

　ライオネルはローレンが朝の支度をしている合間に自分も準備をすると、シリウスと交代するように部屋からいなくなってしまった。

　もたもたしていたらすぐにでもエズラがやってくるだろう。

「昨日はいろいろと助言をありがとうございました」

「いいえ、ローレン様のお力になれたのなら幸いです」

「あれから私なりに考えました」

正直、シリウスを納得させられるような話ではないかもしれない。

父や民の望むままの人生。自分の意志で始めた慈善活動でさえも、今や父やエズラに指示されている。言われるまま、聖女らしい衣装も身につける。

最近は麻痺(まひ)してきたのか、自分の心に鈍感になっていた部分もあったのだろう。

シリウスに改めて自分はどうしたいのかと聞かれて、ハッとしたのだ。

ローレンの意志を問う言葉を最後に聞いたのはいつだったか。勝手に道が決められて、それを従順に歩いてきた。

だから、シリウスと真正面から向き合うのは怖い。

けれども、心のどこかで歓喜めいたものが入り混じっているのも感じていた。

「今日、孤児院を訪問する予定が入っています。そこで私の考えを聞いてくださいませんか？」

きっとそこでならば、上手く話すことができる。ローレンの本当の想いを言葉に乗せることができる。

エル＝ウィステリア国の王都・ラクリアスは、城を中心に街が広がっている。城の周りには貴族が住まう貴族街があり、富を見せびらかすかのように豪奢(ごうしゃ)な建物が並び、道も綺麗に舗装されていた。

だが、そこを一歩抜ければ、途端に馬車はガタガタと音を立てて揺れ始める。

「……これだからここに来るのは嫌なんだ」

目の前に座っていたエズラは、不規則な揺れが煩わしいのか、眉間に皺を寄せて眼鏡のブリッジを指先でクイッと上げていた。

彼の言う「ここ」とは、平民たちの居住区。道がろくに整備されておらず、石ころや人々の足跡、もしくは馬車の轍が溝を作る。馬車はそれに塡まって客車を揺らす。貴族街の道と比べれば乗り心地は雲泥の差だ。

だが、それは道に限ったことではない。

ここは、ローレンたちが住まう貴族街とは何もかもが違う。

道行く人が着ているものも、履物も。体型すらも違っていた。誰ひとり、無駄な贅肉などついておらず、痩せ細っている。

「私はいつものように馬車の中で待っていますからね。それと、次の予定もありますから長居をしないように。分かりましたね」

エズラはローレンが孤児院に行く際は特に口煩くなる。何かと難癖をつけたいのだろう。

彼も、そして父自身もローレンが孤児院に行くことを好ましく思っていない。郊外にある孤児院よりも街の中で炊き出しなどをした方が人々にアピールできると考えているのだ。

だから、スケジュール管理をしているエズラは、ことあるごとに孤児院訪問の予定を潰そうとするのだが、ローレンは決して諦めなかった。

ローレンが唯一、自分の意志を貫いて通っている場所と言えるだろう。

れた。

孤児院の玄関先に馬車が停まると、さっそく中庭にいた子どもたちが手を振って来てくれた。ローレンもそれに笑顔で返す。

ある子は遠いところからも懸命にローレンに話しかけ、ある子はローレンが来たことを知らせるためにシスターのもとに走っていく。

「ここは一層大歓迎だな、聖女様」

馬を降り、客車から出てくるローレンに手を貸してくれたライオネルが、からかい気味に言ってくる。思わず彼が笑ってしまうくらいに、子どもたちは元気な姿を見せてくれていた。

孤児院内の安全確認が終わったシリウスが戻ってきたところで、三人で中に入っていく。すぐに子どもたちに囲まれ身動きが取れなくなった。

今日は何を持ってきてくれたのか、今日はどんなことをして遊ぶのか、この男の人たちは誰なのか。ひっきりなしに質問が飛んでくる。

「いけませんよ、子どもたち。皆さんが困っているでしょう？」

シスターがローレンたちに群がる子どもたちを窘める（たしな）と、ようやく解放された。

「俺がこいつらと遊んでるから、聖女様は話してこいよ。大丈夫、危険がないように建物の中で相手をするからよ」

そう言い残してライオネルは子どもたちと去っていく。

「聖女様ー！」

じゃれつく男の子を持ち上げてさっそくあやしている後ろ姿を見て、彼と一緒ならば子どもたちの安全は保障されるだろうと安心して任せられた。

「シスター、今日は食料を持ってきました。うちの領地で採れた果物と、チーズに野菜とベーコン、あとはパンも一緒に入れてあります。私の昔の服を手直ししたものだけれども、それもぜひ子どもたちに」

床に並べたそれらの説明をすると、シスターは目を細めて拝む。

「いつもありがとうございます、ローレン様。子どもたちも喜びます」

「ごめんなさい。もっと頻繁(ひんぱん)に顔を出せればいいのだけれど……」

心苦しい気持ちを吐露すると、シスターは首を横に振る。

「いいえ。聖女様もお忙しいでしょうに、それでもここを気にかけてくださってます。そのお気持ちが嬉しいのです」

彼女はいつも気にかけてくれるだけで嬉しいと言ってくれた。乏しい物資の中で大勢の子どもたちを養っていくのは大変だろうに、もっと支援が欲しいと願ってもこないのだ。

部屋の中に入り、しばらくシスターと歓談する。子どもたちの様子を訊(たず)ねたり、孤児院の経営状況はどうなのか、欲しいものはないのかと問いかけた。

「お待たせしました」

シスターとの会話を終えたあと、廊下で待ってくれていたシリウスに声をかける。

「シリウスさん、馬車に戻る前に、少しお話をしませんか？」

ひと気のないところ、中庭が臨める廊下の片隅に誘いふたりで並んだ。

ライオネルは子どもたちと食堂で遊んでいるようで、笑い声がここまで響いてくる。それを聞きながら、ローレンはシリウスと対峙した。

「この孤児院は、私の原点です」

懐かしさに胸を攫われ、目を細める。幼い頃の思い出は楽しいものばかりではなく、出てくるのはほろ苦いものばかり。

それでもここに来ると、いつも希望に満ち溢れた気持ちになる。

「私が慈善活動を始めたのは、七歳の頃でした」

母は、ローレンが幼い頃に亡くなった。五歳の頃の話だ。

両親は跡継ぎとなる男児を強く望んだがなかなか恵まれず、子どもは女児のローレンひとり。ローレンではエインズワース伯爵家を継ぐことはできない。

そのためか、父はローレンに関心が薄く、母が亡くなってからはそれがさらに顕著になっていった。親族の男の子を将来養子に迎えて、跡継ぎにすると決めてからはなおさらだ。

ローレンはますます父が自分に興味を失くしてしまう、自分の居場所がなくなってしまうと恐れた。

そんなある日、母方の伯母に誘われてこの孤児院に慰問にやってきた。

伯母は「困っている人たちを助けるのはいいことなのよ」とローレンに説明し、シスターに寄付金を渡した。

　寄付用に持ってきたぬいぐるみを子どもに渡したときに言われた「ありがとう」という言葉。それが何よりも嬉しかった。

　父を満足に喜ばすことができなかった自分でも、人々を笑顔にできる。これならば自分にもできるのではないだろうかと思った。

　それは、父が押し潰していたローレンの自己価値の表れ。

「父に認められなくても、家の中で居場所を失っても、ここがあれば私は強くいられる。私が生きている意味があるのだと、幼心にも希望を持ったのです」

　依存に近いものもあったのだろう。見出した居場所を手放すことがないようにと、必死に慈善活動に精を出した。

　いつしかローレンは心から子どもたちの笑顔を望むようになった。

　この子たちの幸せを願って、できることをする。それが自身の幸せに繋がるのだと。

「私が聖女と呼ばれるようになった頃、父はようやく私を顧みました。皆も喜んでくれて、父にも認められて、本当に嬉しかった」

　だが、そんなローレンに父は行きすぎた聖女像を押しつけてきた。

「父はもっと慈善活動をしろと私に命令しました。民が聖女を望んでいる、と」

　アピール度が高い活動に注力させる父の方針。その過程で、孤児院への支援は淘汰されるはずだった。何よりも真っ先に。

だが、それだけはやめてほしいとローレンが懇願したのだ。自分からこの場所を奪わないでほしいと。

「私が父の望み通りにすれば、この孤児院への支援は続けてもいいと。物資も資金も滞りなく回そうと」

ローレンが孤児院への支援を続けられるのは、父の支えあってこそだ。

「私が危険を冒してまで外に出るのは、本当に救いを求める人たちのためです。子どもたちの笑顔を絶やさずにいるため。……彼らの笑顔は、私の心の支えですから」

父が自分を政治の駒としているのは分かっている。

「シリウスさん、私、たしかに貴方の言うように世間知らずで、愚かな女かもしれません。命知らずで無謀で、腹立たしい部分もあるかも……」

それでもひたむきに、真っ直ぐに。

ローレンはシリウスの目を見て伝える。

「でも、私が私であるためにも、人々を救うことはやめられません」

ローレンが動くことで救われる人がいるのであれば、この足を止められない。だから、外に出る。たとえ危険でも。

「……あまり答えになっていませんよね。でも、シリウスさんに問われて分かりました。人々を救うことは私の欲のひとつなのです。どうしようもない、私の欲。……自分のためになんて、聖女じゃないですよね」

ローレンは弱く微笑む。

「私、いまだに最後の最後にあの短剣を使うか答えは出ていません。私の中に人を害してでも自分を助けたいという気持ちが生まれるか、まだ分からなくて」

それでも伝えたかった。どうあっても止められないものがあることを。

ローレンの根底にある想いを。

「──貴女は、自分のためと言いますが、その実どこまでも他人本位ですね」

呆（あき）れているのだろうか。声から少しそんな色を感じ取れる。

けれども、その表情は。ふと横目で見たその表情だけは違っていた。

仕方ないと困ったように、微笑んでいたのだ。

（……微笑んだ）

彼の笑顔ならいつも見ている。それなのに、彼の心からの笑みを見たのは初めてだと感じたのは、瞳の奥にほんのりと温かな感情が見え隠れするからだろうか。

胸が高鳴る。うるさいくらいに、ドクドクと音を立てて。

不意打ちに心が揺さぶられた。

「シ、シリウスさんには感謝しております。最近は聖女らしくあろうとばかり考えて、麻痺して思考を止めていました。最初の志も思い出すことができました」

顔に熱が集まる感覚がして、それを誤魔化すように早口でまくし立てる。どうしてか恥ずかしくて、今にも駆け出して誰もいないところでのた打ち回りたくて仕方がない。

だが、シリウスはローレンの変化には気づかないようで、別のところに驚いていた。

「この期に及んで貴女は俺に感謝すると言うのですか？　まったく……おかしな人ですね」

「え？　へ、変ですか？　でも、本当に感謝していますし……」

「感謝してもらうために言ったわけではないのですがね」

そうだったとしても、彼がローレンにくれた言葉は胸に刺さりつつも痛いだけの言葉ではなかった。愚かな自分を見直す機会を与えてくれてありがとうと言いたかったのだ。

「こんな私ですが、シリウスさんがよろしければ、これからもお力を貸していただけますか？」

だから、改めてお願いしたい。おこがましいかもしれないけれど、それでもローレンはシリウスの厳しさを信じたい。

ただ優しいだけの人ではないから、ローレンの足りない部分を補ってくれるのではないかと期待してしまうのだ。

「貴女は善人だ。きっと簡単に死んでしまうのでしょうね」

「……死にたくはないのですが」

「そうでしょうね。これで死にたがるのであれば、まったく救えない」

随分と辛辣な言葉だ。

けれども、笑みを浮かべ優しい言葉をかける彼よりも好ましい。シリウスという人がようやく分かったような気がした。

「それに、貴女からお守りもいただいてしまいましたし」

そう言って、シリウスが胸ポケットから取り出したのは、ローレンがあげたミューアのお守りだった。

彼はそれを真っ二つに割って壊してしまったはず。けれども、今目の前に差し出されたそれは、綺麗にくっついていた。

「……直したのですか？」

「ええ、割れたままでは効果はないのでしょう？　にかわでくっつけました」

「どうして……」

あれほど中身を警戒していた上に、興味もなさそうな顔をしていたのに。修復して持ってくれていたなんて。

思わぬ事実に驚いていると、薄っすらとシリウスが口を開けた。彼が理由を教えてくれる、そう淡い期待を持ったときだった。

「聖女様、こんなところにいた～！」

孤児院の子どものひとりがローレンたちの姿を見つけて駆けてきた。体当たりをするように脚にしがみついて、小さな手で抱き締めてくる。

「さすがに、この子を警戒しろとはおっしゃらないでしょう？」

念のためにシリウスに確認すると、彼は苦笑しながら「ええ」と言ってくれた。

さっそく女の子を抱き上げる。前回より少し重くなっていて、ちゃんと食べられていて成長していることを実感した。

「聖女様、一緒に遊ぼー！」

「ええ、いいわよ」

ローレンが頷くと、女の子は喜び首に抱きついてくる。こちらも嬉しくなって、頬擦りをした。

「シリウスさん、この笑顔を守るためなら、どんな苦労も惜しくないと思いませんか？子どもは守られて、こうやって笑って過ごすべきだと、私はそう思います」

ローレンは幼い頃にそうしてもらえなかった。関心を寄せてもらえず、自分で居場所を探すしかなかった。

だから、そんな悲しい想いをする子どもがひとりでも減るように、願うだけではなく行動に移したい。

「お兄ちゃんも抱っこして！」

おませな三歳の女の子は、シリウスにも抱っこを要求する。

一瞬動きを止めたシリウスは戸惑っていたのだろう。それでも無邪気さに敵わなかったのか、差し出された手を取って抱っこしてあげた。

ローレンよりも頭ふたつ分背が高いシリウスに抱き上げられたら、臨む景色は違うのだろう。女の子ははしゃいで笑っていた。

その顔を無表情で見つめていたシリウスは、不意にローレンに視線を寄越す。

しばし逡巡したかのような表情をしたあと、おもむろに口を開いた。

「貴女もまた守られるべき人です。俺にも、貴女自身にも。……それだけは忘れずにいてください」

シリウスの言葉が、ローレンがずっと閉じ込めていた柔らかくて弱い部分を撫でつけてきた気がした。


少し自分を取り戻した気がしたその日、父が朗報だと顔を綻ばせながら告げた言葉に、ローレンは身体を竦ませた。

——王太子・ルドルフがローレンを城に招きたいと言っていると。


「おそらく、お前を王太子妃に迎えたいという話が出るだろう。いよいよだぞ、ローレン。ようやくお前の念願が叶うな」

ルドルフから招待を受けて三日後。父とともに馬車に乗り、城へと向かう。

道中、父は怖いほど上機嫌で声も弾んでいた。

王太子妃になりたいなんてローレン自身は口にしたことなどないのに、いつの間にか父の中ではローレンたっての願いになっている。本当にそう勘違いしているのか、それともそう刷り込みたいのか。

「王太子の前では粗相がないようにな」

「はい、心得ております」

「しっかりと王太子の寵を得なければな。何、その格好のお前を見れば、気に入るに決まっておる」

ローレンは自分の格好を見下ろす。

いつもの真っ白なドレスとマリアヴェールは脱ぎ、今日は貴族令嬢らしくドレスを身に纏っている。夜会に着ていくような豪奢なドレスなど、今まで数回しか着たことがないので本当にこれで大丈夫なのだろうかと気になっていた。

コルセットできつく締めた腰は細く、逆に胸はその膨らみを主張するかのようにせり出している。襟ぐりも大きく開いていて、露出が多くないだろうかと着つけをしてくれていた使用人に聞いたが、これが最近の流行りなのだと返された。

エメラルドグリーンのドレスは、随分と贅を凝らしたもので、生地もさることながら刺繍も精緻で目を瞠るものがあった。首につけられた飾りなど、大ぶりの真珠とダイヤモンドがあしらわれて、これひとつでいったい何人の民を救えるのだろうと考えてしまう。

今まで貴族たちに食事に誘われても聖女を彷彿とさせる白の服を着せていたのに、今日は随分と手の込んだ装いをさせている。

別人のようになったローレンを見たライオネルは「これはまた別嬪さんになって」と茶化していた。

シリウスは……何も言わずに一瞥をくれただけだったなと思い返す。

「王太子はそのような格好がお好きだからな。反応が楽しみだ」

父のその言葉に一気に憂鬱になった。

貴族の娘は自由に恋愛などできないのが普通だ。分かってはいたけれど、今日は何故か父の操り人形でいることに疲労感を覚える。

「よく来たな、エインズワース伯爵、それにローレン」

城の中に入ると、部屋に案内され、ルドルフはにこやかな顔で近寄って歓迎の姿勢を見せてきた。

金髪に青い瞳、まるで絵本の中の王子様を具現化したようないで立ちの彼は、幾人もの女性を虜にしてきたその美貌でローレンに微笑んできた。

「ああ、今日は随分と雰囲気が違う。だが、華々しいドレスに身を包む君も素敵だ」

「ありがとうございます」

ルドルフはローレンの身体を上から下までじっくりと舐め回すように見つめたあと、右手を取り手の甲にキスをしてくる。チュッと音を立てながら離れていく唇の感触に一瞬息を詰めながらも、笑顔を崩すことはなかった。

「もっと君のそんな姿を見せてほしい。もちろん、いつものようなかっちりと着込んだ隙のない格好も好きだが、私はこちらの方が好みだ」

右手を放してくれず、それどころか撫で回してきたルドルフは、どうやら父の狙い通りローレンのドレス姿をいたく気に入ったようだった。

「さぁ、席に案内しよう」

席などすぐ近くにあるというのに、ルドルフはローレンの腰に手を回して導いてくる。

「ところで、命を狙われたというのは本当か。護衛までつけて、物々しい登場に驚いたよ」

「襲われたのは一度きりなのですが、いつまた狙われるか分かりません。芯は強くとも、やはりか弱い女性です。親として万が一に備えて守ってやりたいと思いまして」

「よいよい。お前のローレンを思う気持ちは十分に分かっている。だが、ここは堅牢な守りを誇る城内。おそらく護衛の出番はないだろうな」

父とルドルフの会話を聞きながら部屋の壁際に佇むシリウスに視線を向ける。

ライオネルは廊下で待機しているためここにはいない。

「お気遣い痛み入ります。では、もしも護衛が皆やられてしまったら、殿下のお力を借りることにしましょう」

ハハハ、と楽しそうな声が部屋に響く。だが、ローレンはちっとも笑えなかった。

「ローレンはこの国の民にとっては救いの聖女。そして私にとっては、これからさらに重要な人間になってくる。――意味は分かるな？　エインズワース伯爵」

「もちろんでございます、殿下」

「守るのはローレンの命だけではない。聖女としての評判を落とさぬよう、自重して過ごしてもらいたい」

　食事の味はよく分からなかった。

　ローレンに合わせて、野菜を中心に出された料理はどれも舌つづみを打つものばかりのはずなのに、何故か味気のない砂を嚙んでいるような気分だった。

　ルドルフは次の予定があるとかで、早くお開きになった。残念そうに別れを惜しむ彼は、別れ際にローレンの耳元で囁く。

「今度私からドレスを贈らせてくれ。それを見て、私の好みを学ぶといい」

　その言葉に何と返せばいいか分からなくて固まっていると、ルドルフはローレンの戸惑いすらも楽しむようにニヤリと笑う。

　ルドルフが出ていくのを見送ってから、ローレンたちもまた部屋をあとにする。

　扉を潜り抜けるそのとき、気が抜けたのかそれとも何かに躓いてしまったのか、ローレンは足を縺れさせてよろけてしまった。

「大丈夫ですか？」

「え、えぇ……ありがとうございます」

　この身体に巻きついてきたのがシリウスの腕だと知って、ローレンはホッとする。

「もし、お疲れのようでしたら俺が抱えて運びましょうか？」

　父に聞こえないよう声を潜めて聞いてきたシリウスに、とんでもないと首を横に振った。

「私ひとりで大丈夫ですから」

その日の夜、眠れなくてそっとベッドから抜け出した。

廊下で護衛をしてくれているであろうシリウスに気づかれないように、極力音を立てずにチェストの前に立ち抽斗を開ける。

仕舞い込んでいた短剣を手に取り、くしゃりと顔を歪めた。

縋るように胸の中で抱き締める。

誰に、どこに縋っていいかも分からないローレンは、張り裂けそうな心を守ってとこれに願うしかなかった。

本当は、城でシリウスに差し出された手を取ってしまいたかった。

助けてと縋りつき、ルドルフと結婚したくないと叫んでしまいたい。

けれども、そんなことができるはずがないとシリウスの救いの手を断った。ひとりでこの苦悩を抱え、そっと胸の中で昇華していくのだと決めて。

だが、それでもひとりでどうにかすることは難しくて。

シリウスに縋れない代わりに、彼にもらった短剣を手に取る。

あれほど怖かったはずのこれが、今は不思議と怖くない。

ローレンの中で、身勝手な欲の象徴ではなく、お守りの意味合いの方が大きくなってきているのかもしれない。

孤児院で、シリウスの本当の笑みを見たそのときから。

（……シリウスさん）

どうか、どうか許してほしい。

差し出してくれた手は取れないけれど、そっとシリウスの優しさの断片をこの短剣に見出して縋ることを。

きっと、明日には元に戻るから。

だから、今は。忍び泣く夜だけは。

◇◇◇

部屋の中でローレンが動く気配がする。

足音を立てないようにと気をつけているのだろうが、衣擦れの音、抽斗が開けられる音、――そして微かに聞こえてくる啜り泣く声が、鋭敏に音を拾ってしまうこの耳に嫌でも届いてきた。

――子どもは守られて、こうやって笑って過ごすべきだと、私はそう思います。

孤児院で彼女の言葉を聞いてから、胸の奥の方で何かが蠢いている。

そうであるべきだと言えるローレンが眩しかった。そうであるべきと言ってもらえる子どもたちが羨ましくもある自分がいたのだ。

そして、腹の中に怒りを抱える自分も。

シリウスはローレンの命を守っているが、彼女の心を守るのは——誰なのだろう。

あの父親は自分の利益のために娘を利用することしか頭にないし、エズラもそれに追随（ついずい）している。ルドルフが求めるのも聖女だ。

聖女と呼ぶたびに、彼女に呪いをかけているかのよう。

誰にも助けを求められず、自分の意志で嫌だと口にもできず、真夜中に人知れず泣くしかない、孤独な人。

胸の中で蠢くものがうねりを上げる。

それは怒りすらも食らい尽くし、シリウスをじわじわと侵していった。

「……貴女は守られるべき人なのに」

無意識に言葉が口からまろび出る。

だが、それすら気づかないほどに、シリウスはローレンの孤独な泣き声に耳を傾けていた。

こそりと、何かが心の中で鎌首をもたげるのを感じながら。

最初に襲われて以来何もなく、穏やかとさえ言える日々が続いていた。もしやもう大丈夫なのではないかとも思えるほどだ。

ところが、ルドルフとの会食以降、二回も続けて襲撃があったのだ。

一度目は路上生活者用の宿泊施設の慰問の帰り。剣を持った男たちに囲まれ、シリウスとライオネルが退けてくれたが、ライオネルが思わず「危なかったな」と呟いたほどだった。

二度目はつい先ほどのことだ。

ローレンが馬車に乗り込もうとしたときに、矢が飛んできた。とっさにシリウスが身を挺して庇ってくれたおかげでことなきを得たが、襲撃犯を追いかけたライオネルは結局取り逃がしてしまったらしい。

まだ訪問予定があったが、切り上げることになった。

救援物資はエズラが届けることになり、彼には念のためにライオネルを護衛につけて、ローレンはシリウスとともに一足先に屋敷に帰ることにする。

不安に揺れる気持ちのまま部屋に戻り、ようやく安堵の溜息を吐くことができた。

きっと、シリウスも疲れただろう。少し休むように声をかけようと思ったところで、ローレンはギョッとする。

自分の真っ白なドレスに血がべっとりとついていたのだ。ローレンの肩の部分、シリウスがずっと守るように抱き寄せてくれていた箇所だった。

「シリウスさん！」

まさか、と青褪めながら彼の側に駆け寄り、身体を弄る。シリウスの服が真っ黒な上に、ずっとその部分が密着していたために気がつかなかったが、脇腹から血が滲み出ていた。

「け、怪我を！　先ほどの矢ですか？　私を庇って？」

どうしようと動揺しながら、とりあえず手当てをしなければとローレンは応急手当ての道具を取ってこようとした。

「どこへ？」

ところが、その場から離れようとするローレンの手をシリウスが掴み、引き留める。

「まずは応急処置をしなくてはいけませんし、お医者様にも診ていただかないと……」

「必要ありません。この程度はかすり傷ですから」

そうは言っても、ローレンの服についてしまうほど出血しているのだ。放っておくことなどできない。

「いいえ、必要です。とにかく、手当てだけはさせてください」

ここは引き下がるわけにはいかないと、手を放すようにと彼に促した。

すると、シリウスはふぅ……と息を吐き、「分かりました」と手を放す。

「貴女がわざわざ取りに行かなくてもいいでしょう。ひとりにならない方がいい。使用人を呼んで持ってこさせてください」

うっかり人に頼むということが頭から抜けていたローレンは、それもそうだと自分の迂闊さを恥じらった。それほどまでに彼の怪我に動揺したのかもしれない。

近くにいた使用人に頼んで救急用品一式を受け取ると、シリウスを椅子に座らせる。服を脱いでもらうと、中からしなやかな美しい筋肉がついた肉体が出てきた。

「俺が自分でしますよ」

「私にさせてください。……これくらいしかお役に立てませんから」

男性の肌を目にするのは恥ずかしくて頬が勝手に染まっていくが、羞恥を押して傷口を綺麗な布で拭う。傷の深さはそれほどではないが、安心はできない。

「……ありがとうございます、守ってくださって」

「貴女に怪我がなくてよかった。それだけで、この傷を負った価値はあります」

それが仕事だと言えばその通りだ。けれども、ローレンを守るためにシリウスが怪我をすることをすんなりとよしとはできない。

縫うほどの深い傷でなくてよかった。簡単な怪我の処置などは慈善活動で学んだので、ローレンにもできる。

けれども、もし矢が彼の身体を貫いていたら、命を奪っていたら。そう思うだけで手当てをする手が震えてしまう。

血を流しても大したことがないと言うシリウスが心配で、悲しくて。腕が立つ人だとは分かっているが、無茶はしないでほしい。

でも、ローレンはもうそれを口にすることができなかった。以前なら「無茶をしないでください」と言えたのに。

ただ黙々と彼に手当てをして、労わるしかなかった。

道具を片づけていると、不意にローレンの手がシリウスによって摑まれた。顔を上げると、何とも言えない表情をした彼がそこにいる。

怒っているような、泣きたいのを我慢しているような、どちらともつかない顔。

「どうしまし……」

「今日よりもさらに危険な目に遭うかもしれません。怪我をして弱気になっているわけではなく、状況を見てそう判断できると思っています」

冷静に説明するシリウスの声は、暗く低いものだった。

鬼気迫った様子にローレンも緊張を高まらせる。何が起こっても不思議ではない、そう言われている気がして怖かった。

「何かあれば、逃げてください。俺が倒れようともライオネルが倒れようとも、迷わず。自分の命を守ることだけを考えてください」

グッと喉の奥に熱いものがこみ上げてきた。まるで、自分たちを見捨ててでも生き残れと言われているようだ。

辛くて苦しくて、悲しい言葉に胸が締めつけられる。でも、同時にそれが彼らの仕事なのだと理解しなければならないと、どうにか呑み下そうとした。

それでも、素直に「はい」とは言えなくて。

「な、何かあれば、シリウスさんに貰ったあの短剣を使って私も抵抗します。私自身で守れるようになったら、シリウスさんも安心でしょう……？」

苦し紛れの言葉を口にした。

武器を持つこと自体に抵抗感があったのに、今はそれが薄れてきている。きっと、それはシリウスとライオネルがどれほど身を削って守ってくれているか目近で見て知ったからだ。

「先日、シスターと話をしたとき相談してみたのです。自分を守るために武器を向けるのは悪なのかと。神は決して悪だとはおっしゃってはいないようです」

神自身は、凶刃の前にその身を捧げるが、人間には己を守る武器を持てと説いていると。ただ、そこには責任が伴うことは忘れるな、無闇に武器を振り回すことはするなとも。

「シリウスさんは、人を害するのは一番身勝手で悪に近い欲だとおっしゃっていましたが、その通りだと思います。けれども、責任の重さを知っているから、シリウスさんもまた身を守るための武器をその手に持つのではありませんか？」

たとえそれをシリウス自身は悪だと定義づけても、ローレンは否定したい。彼がローレンを守るために剣を振ることを、否定したくはないのだ。

「だから、私は……」

「ダメです」

シリウスが言葉を遮り、握り締めた手に力を込める。痛いくらいに握られたそれに、ローレンは眉を顰めた。

「……あの短剣を渡したのは、ほんの意地悪のつもりでした。貴女がどこまでもお綺麗なままでいようとするので、少し崩してやろうかと。……本来なら、持つべきものではない。素人があれで下手に抵抗をしたら、逆に殺されてしまう」

まさか意地悪な気持ちが込められていたとは。ショックを受けるよりも意外な一面に驚いてしまった。

「あれを返してください。俺が絶対に守りますから」

「いえ！　あの短剣は返せません！　シリウスさんがおっしゃったように、私にとってはお守りのようなものになりましたから。気持ちを戒める意味でも、私には必要なものです」

それどころか夜な夜な短剣を眺めては、外に吐き出せない想いをぶつけている。

このまま聖女としてルドルフに嫁ぐことは本当に正しいことなのかと、ふと抱いてはいけない疑念が湧き起こる。子どもたちの笑顔を守るために聖女でいるはずなのに、それが揺らぐときがあった。

そのたびに短剣を目の前にすると、まだ強くいられると思えるのだ。今さら返すことなどできない。

取り上げられてしまうかもしれない。その思いが、ローレンの視線をチェストへと彷徨わせた。

それがいけなかったのだろう。それで目聡く短剣の在り処を知ったシリウスは、腰を上げてチェストへと向かっていく。

「だ、ダメです！」

慌てて彼のあとを追い、抽斗の取っ手にかけようとした手を邪魔するように身体を滑り込ませる。チェストを庇うようにして立ったローレンは、こちらを見下ろすシリウスを睨みつけた。

けれども、すぐに彼の眼光の鋭さに負けて、弱気になる。

「お願いします……私からこれを取り上げないでください」

プルプルと震えながら懇願すると、シリウスはギュッと眉間に皺を寄せてはぁ……と重苦しい溜息を吐いた。

ローレンを囲むように両腰の側に手を突きチェストの縁を摑む。そして、項垂れてコツンとローレンの肩口に頭を乗せてきた。

シリウスの黒い髪の毛が頰をくすぐり、彼のぬくもりにドキリとする。

「……貴女は変なところで頑固だ」

「そうでしょうか……」

たしかに、シリウスと話をしていると、感情の起伏が激しくなり、いつもよりも自分が出ているような気がする。

彼に気を許してしまっているのか、それとも彼には取り繕うことなく正直な姿を見せたいとローレン自身が望んでいるのか。

「では、約束してください。危なくなったら逃げてください。何よりも先に逃げること。

俺たちがどうなろうとです。それが約束できるのであれば、取り上げません」

「……分かりました」

迷ったが、シリウスの言うことが正解なのだろう。何度もそう懇願するということは、きっとローレンにとっては最善の策。短剣を持つことが許される代わりであればと頷いた。

「……もし、敵に捕まってもうなす術がなくなったとき、最後の手段で短剣は使ってください。本当に……最後の手段です」

「分かりました」

シリウスの声がいつになく弱々しくて怖くなる。寄りかかる彼の身体を抱き締めたくなって、その広い背中に触れようと手を伸ばした。

だが、触れる前にシリウスは顔を上げてしまう。宙に浮いたまま手持ち無沙汰になった手を、彼に見られないように慌てて引っ込めた。

「ひとつだけ教えます。短剣を使う場合、力が弱い貴女がどこを刺すべきか」

もちろん、そんな場面がこないことが望ましい。けれども、念のために効率的に抵抗する手段を講じておきたいとシリウスは言ってきた。

「ローレン様、どこを刺せば致命傷になるか分かりますか?」

「えっと……やはり、心臓ですか?」

命の源、人間の中核。ここを損傷させれば致命傷になることは知っている。

だが、シリウス曰くそこを狙うのではないらしい。

「心臓は肋骨に守られていますから、ローレン様の力では到達させるのはまず無理でしょう。狙うのであれば、皮膚が薄く、太い血管が通っている箇所を」

どこにあるのだろう。ローレンは自分の身体をペタペタと触ってみる。

「たとえば、首です。あとは腹や太腿、腕などにも。触って脈打つ箇所は太い血管が通っています」

言われた箇所を自分の身体で確かめてみる。分かったような、分からないような。おそらくここだろうと思うところを何度も触ってみる。

「どうぞ、俺の身体で確かめてみてください」

「え？　シ、シリウスさんの身体を触るのですか？」

「他人の身体の方が、実際どこなのか分かりやすいでしょう」

どうぞ、と手を差し伸べられて、ローレンはおずおずと手を出した。

いつも馬車を降りるときや敵から守られているときに摑まれる手。慣れているはずの彼の大きな手に触れると、今日は妙に胸が高鳴った。

彼が上半身裸だからだろうか。それとも、密室に二人きりという状況が、彼を過剰に意識させているのか。

手を取られ握られた瞬間、顔が熱くなったのが分かった。

そのままシリウスの首に持っていかれ、手のひらを押し当てられる。

「脈打っているのが分かるでしょう？」

ドクン、ドクン。シリウスの脈が波打つたびに、ローレンの手のひらがじんわりと熱くなっていく。

「ここです。ここを目がけて、一切躊躇わずに短剣を突き立ててください。力の限り」

その他にも太い血管がある箇所をシリウスの身体を触りながら学んでいく。

ただ学んでいるだけなのに、いかがわしいことをしているようで恥ずかしかった。

「分かりましたか、ローレン様」

「……ン」

返事をしようと思ったのに、身体が熱くて震えるくらいに心臓が高鳴っていて。掠れた声しか出ないローレンを、シリウスは微かに笑ったような気がした。

「大丈夫ですか？」

窺うように、シリウスが顔を近づけてくる。距離の近さにビクリと肩が震えて、今度は緊張のせいで呼吸も浅くなってしまった。

「ローレン様？」

シリウスの指が頬に触れる。これ以上近づかれたら、触れられたら、ローレンの中で何かが変わってしまうような気がした。

「帰ったぜぇ～……って、おーい、もしかしてお邪魔だったかぁ？」

「な！　何をやっているのですか！　離れなさい！」

ところが突然、部屋の中に用事を終えて帰ってきたライオネルとエズラが入ってきた。

エズラがずかずかと近寄ってきて、ローレンとシリウスを引き離す。

「何をやっているのですか！　しかもお前、裸で！　も、もしや、ローレン様を……！」

「勘違いしないでください。怪我の手当てをしていただいただけです。もし、貴方が邪推するようなことをしていたのであれば、扉を開けたままにはしておかないでしょう？」

シリウスに冷静に言われ、エズラは憤慨した顔を見せたが言い返せずに、「紛らわしいことをしないでください」とだけ吐き捨てた。

「まったく……怪我なら使用人に手当てさせればいいだろうに……」

エズラはそれでも納得がいかないのか、ブツブツと文句を言っている。ローレンは苦笑いをしながら、先ほどまで赤く染まっていた顔を密かに俯かせて隠した。

「聖女様自ら手当てなんて羨ましいことだねぇ。俺も怪我をしたら手当てしてくれよ。すぐにでも治っちまいそうだ」

いつの間にか近くに立っていたライオネルが、ローレンの顔を覗き込んでくる。

「もちろんです。私なんかでよろしければ、いつでも」

「嬉しいねぇ。じゃあ、俺のときもふたりっきりで頼むよ」

含みを持たせるような笑みを浮かべるライオネルに首を傾げていると、不意に横から手がにゅっと出てきた。

そのシリウスの手はライオネルの顔を摑み、グイっと後ろへと押していく。

「痛いって！　おまっ、指が食い込んでる！」

ライオネルが喚いていたが、シリウスは素知らぬ顔で手を離す。摑まれた顔には指の痕が残っていた。


その後も、一度襲われた。

シリウスもライオネルも敵の凶刃に倒れることなく、無事に屋敷に帰ってこられた。

その間、一度ルドルフに呼ばれて食事をした。

父は王太子の口から決定的な言葉がまだ出ないことに焦れていたが、ローレンにとって決定は遅ければ遅いほど嬉しい。一方では、いつ決まってしまうのかとハラハラもするのだが。

このまま話が流れてしまえばいいのに。そうすれば、こんな憂鬱な食事会に行く必要もないし、襲われることもない。

自分が聖女なんて呼ばれなければ。

いつの間にか、以前のように皆の望む聖女であろうと思えなくなっていた。

「──シリウス、話があります。少しこちらに来なさい」

そんなある日のことだった。慈善活動から屋敷に戻ってきて早々、エズラがシリウスを呼び止めたのは。

ローレンは、エズラの後ろを歩いて去っていくシリウスを見送る。

「何の話でしょうか……」

「そりゃ、聖女様とシリウスが最近仲良いから釘を刺すためだろうよ」

一瞬、頭の中が真っ白になった。

打ち解けた部分はあるが、あくまで人付き合いの範囲。後ろめたいことなど何もないのに。

「そんな釘を刺されるほど仲良くしているつもりは……」

「何というか……雰囲気ってやつかな。明らかに聖女様があいつに対して警戒心を解いているのは見れば分かる。まぁ、男女が近くにいれば、そういうこともあるだろうしな」

ズンと心が重くなる。ただ、ローレンが生き残れる術を教えてもらっただけで、シリウスにはそれ以上の意図はないというのに。

これでは彼にとってはとんだとばっちりだ。

「でも、実際どうなんだ？　あいつと懇ろになったのか？」

ライオネルがニヤニヤしながら聞いてくる。

その追及から逃れるように、ローレンは部屋の中に入っていった。追いかけるようにライオネルも入ってくる。

「別に隠さなくてもいいだろう。俺だけ仲間外れなんて寂しいもんだなぁ」

「仲間外れだなんて、そんなこと。シリウスさんとはそういう仲ではありません。護衛と護衛対象というだけです」

一瞬、シリウスの瞳を思い出して胸が熱くなる。ローレンを真っ直ぐに見据える、抗いがたい瞳を。

「じゃあ、あいつとは何でもないのかよ。手を出されていない？」

「手って……！　も、もちろんです！　そんなことあるはずが……」

あるはずがない。あってはいけない。それをローレンが一番よく分かっているから、むきになって否定する。そんな勘違いをされてしまったら、辛くなってしまうと。

もうこの話題はおしまいにしましょう。

そうライオネルに言おうとしたとき、ガチャリ……と静かに鍵がかかる音がした。

「――そりゃあ何より」

廊下へと続く扉を背にして立つライオネルが、ニヤリと口角を上げる。

ローレンの背中にゾッと悪寒が走った。

彼が見せた笑みが、いつものような人好きのする明るいものではなく、下卑たものだったからだ。したり顔でローレンを見据えるさまは、慄くほどに恐ろしく見えた。

いつものライオネルと様子が違う。

「あんたが疵物になったとあっちゃ、値切られるだろうからなぁ。よかったぜ、あいつにまだ手を出されてなくて」

こちらに近寄ってくるライオネルから逃げるように、ローレンも一歩、また一歩と退く。

「ごめんなー、聖女様。やっぱりよぉ、金払いがいい方につくってのが俺の信条なんだわ。あんたの父親、頑張った方だけど、倍額提示されたとあっちゃなぁ」

「……ラ、ライオネルさん？」

「しかも、あんたを殺したあとは好きにしていいんだってよ。知っているか？　聖女様っていうのは意外なところでも需要があんだぜ？　たとえ、死体になってもな」

まさか、そんなはずは。信じがたい気持ちで、ローレンは後退る。

『いい人であっても、貴女に刃を向ける理由はいくらでも作れる』

シリウスの言葉が頭の中で木霊した。ローレンはライオネルのことをいい人だと信じて疑っていなかったのだ。

「……お願いします……ライオネルさん……嘘だと言って……」

懇願する声が掠れる。

喉が恐怖でヒクついて、息すらもまともにできなくなっている。助けを呼ぶために叫ぼうと思っても、息がまともに吸えないために大きな声も出せない。

ライオネルの強さは知っている。何度もこの目で戦っている姿を見ていたからだ。

殺されると本能的に悟って身体が震えていた。

「そんな怯えんなよ。苦しくないようにするから。な？」

「きゃっ！」

伸びてきた大きな手はローレンの腕を掴みグイっと引き寄せる。あまりの力強さに抵抗もできずに、そのまま床に引き倒された。

「あんたの死体を買ってくれるって人な？　身体に傷をつけずに殺せって言うんだよ。

じゃなきゃ金を払わないってよ。だから、毒殺が一番綺麗に殺せるかなぁって思ったが……シリウスの奴が、あんたが口に入れるもんはすべて毒見するもんだからよ。難しくてなぁ」

　膝も腕も打って痛みで悶えたが、それでも必死に体勢を整えようとする。命を守るためにローレンは手足を動かしてライオネルから逃げた。

『逃げてください』

　またシリウスの声が頭の中に甦る。

　這いつくばっても、泥に塗れても誰に何があっても逃げろ。シリウスと約束した通り、ローレンは立ち上がって逃げた。

　入り口の方面にはライオネルが回り込んでいる。逃げるには窓から飛び降りるか、それともどこかに閉じ篭もるしかない。

　だから、部屋の奥の方へと逃げるしかなかった。――自然と足はチェストの方へ。

　一番頼りたいと願う人がいない今、縋れるのは彼がくれた短剣だけ。

　抽斗から短剣を取り出す。震える手で鞘を外して、切っ先を突きつけた。

　――ローレン自身に。

「来ないでください。もし、これ以上近づくなら、私自身を刺します。そうなったら、私の遺体の価値は下がってしまう。そうでしょう？」

　ローレンの死体を傷つけることを厭っているのであれば、今ライオネルに差し出せる取り引き材料と言えばこれしかない。顔に刃先を当てて脅す。

「ははっ！　考えたな、聖女様。……でも、あんたにそれができんのかよ。剣で人の肉を、しかも自分自身の肉を裂くことができんのか？　あ？」

威嚇するように恫喝され、ローレンはビクリと肩を震わせた。

怯んだのが分かったのだろう。ライオネルはずかずかと歩を進めてきた。そしてローレンの目の前に立つと、短剣を握り締めるローレンの右手を取った。

「ぁうっ」

手首を潰さんとばかりに強い力で握り締められて、指の力がなくなっていく。震える指から短剣がすり抜けて、床に落ちていく。

なおもライオネルは手を放してはくれずに力を込め続け、痛みに悶えるローレンはその場に膝を突いた。脂汗がぶわりと滲み出て経験したことのない苦しみに呻く。

生きたい。

生きなければ。

「シリウスさっ……ンうっ！」

その思いが高みに達したとき強張った喉は開き、ローレンは力の限りに声を張り上げた。

届け、この声が届けと願いながら。

けれどもライオネルがローレンの口を塞いでしまう。

「おっと、ふたりきりのところに他の奴を呼ぶのは無粋だぜ？」

自分の懐を探り、液体の小瓶を取り出した彼は塡め込んでいた蓋を歯で引き抜くと、ローレンの口に近づけてきた。

おそらく毒だ。

どうにかこうにか塞いでいる手を外そうと爪を立て、首を横に振るがビクともしない。ライオネルにとっては赤子が戯れているようなものなのだろう。まったくと言っていいほど動かない。

「……あんた、いつもは澄ました顔していけ好かなかったけど、苦悶に歪む顔はなかなかそそるもんだな。死体にしちまうのは……もったいねぇが」

ニヤリと笑うライオネルはローレンの鼻を摘まみ、呼吸ができないようにしてくる。手を離されようやく叫ぶことができるのに、口を真一文字に引き結ぶしかなかった。

口を開いた途端、すかさず毒が流し込まれるだろう。その瞬間を、ライオネルはじわじわといたぶるように待っているのだ。

「しかたねぇよなぁ」

意地でも口を開けたくない。そう思うのに、限界はすぐにやってきた。

身体中が空気を求めて喘ぐ。脳に空気が行かなくなって、目の前が霞(かす)んできた。

毒で殺される前に、窒息してしまう。

――死が、ひたりひたりと這いずり寄ってくる。抗ってももがいても、ローレンの手足に絡まり始め、心の臓を止めるために襲いかかろうとしていた。

（……シリウスさん）

必死に心の中で助けを求める。

何度も彼の名を呼び、彼の顔を思い出し、彼の声を、彼のぬくもりを、彼の言葉を、脳裏に焼きついているすべてを呼び起こす。

早く開けと、嘲笑うようにライオネルは苦しむローレンの唇を注視していた。

震える唇は限界を訴え、とうとう薄っすらと開き始める。

ふと、自分の右手の指先に何かが当たったのを感じた。

「自分の立場は心得ております。ローレン様に邪な思いを抱くことも、立場を越えた行動をするつもりもありません」

呼び出された時点でおおよその予想はついたが、やはりエズラはローレンとの仲を勘繰って釘を刺してきた。

それもそうだろう。自分たちの距離は着実に近づいてきている。

ローレンの信頼を得たという実感はあった。彼女がシリウスを頼りにして、心を預け始めていると感じていた。

計画は順調……と言いたいところだが、実のところそうでもない。どうやら横槍が入ってしまっているようだ。

おそらく、ロブ・マッキンジムだろう。彼はシリウスにローレンを堕とすようにと命じておきながらも、一方で彼女を殺す手筈を整えていた。

――まったくもって腹立たしい。

人のことを信用しろ、とはこちらも言えることではないが、それでも邪魔されるのは許しがたい。

あちらもなりふり構っていられないくらいに焦っているのか。何せ、ルドルフが積極的にローレンに接触してきている。

エインズワースがローレンの死を利用して宰相になることを恐れてローレン暗殺を諦めていたはずだが、それを阻止できる目処がついたのだろうか。国王にさらなる餌を与えている最中なのかもしれない。

ロブ・マッキンジムは生来恵まれている分、自分がことを強引に進めてもどうにかなると考えている節がある。

(権力争いなど、くだらない)

冷めた気持ちで心の中で吐き捨てた。

ローレンを見ていると、善人ほど早く死ぬとつくづく感じさせられる。食いものにされ、それを糧に悪人がのさばるのだ。

自分で言っておきながら、今さらその言葉が何故か胸を衝いた。

『……逃げなさい……あの人から……今すぐ逃げなさいっ』

追憶の中の悲劇の人が、シリウスに今も叫び続ける。

(悪人は俺もまた同じか……)

虚ろな目で自分の手を見下ろした。ローレンと出会って、善人を殺したくないという気持ちが芽生えつつある。いや、正確にはローレンに死んでほしくないという気持ちか。

(どうかしている)

その考えを払うように頭を振ると、ローレンの部屋を目指して大股で歩を進める。

使用人がオロオロとした様子で扉の前にいるのが見える。様子が変だと察したシリウスは走った。

「ライオネルは」

使用人に聞くと、部屋に鍵がかかっていて、ノックをしても返事がないと言う。

普段、就寝中以外は鍵をかけない。昼寝をしていたとしても、安全のために開けていた。

「わ、分かりません。ローレン様と一緒かと……」

使用人に人を呼んでくるように言い、その場から遠ざけた。

彼女が駆け出したその瞬間、シリウスは扉を蹴破る。そして、部屋の中に駆け込んだ。

「ローレン様!」

目に飛び込んできたのは床に四つん這いになっているライオネルだった。

眉を顰めたシリウスは彼のもとに駆け寄った。

足音を聞いたのだろう、ライオネルはこちらを振り返る。彼の首にはローレンの短剣が刺さっていた。

舌打ちしながら己の剣を抜く。ライオネルも剣を構えようとしたが、その前に彼の腕を横に深く斬り裂いた。

仰け反る彼の胸を思い切り足で蹴る。大きな図体はチェストにぶつかり、シリウスのブーツが勢いをそのままにライオネルの胸に食い込んだ。

そのせいで息が一瞬止まったのだろう。ひきつけを起こして、身体を震わせていた。

だが、それだけで終わらせるわけにはいかなかった。

ローレンがあの短剣を使ったということは、ライオネルが彼女を襲ったということ。

ならば、やることはひとつしかなかった。

（あの人に殺してもらうなんて、おこがましい）

首に刺さった短剣の柄を摑みさらにグイっと深く潜り込ませると、次にそれを引っこ抜いた。

真っ赤な血がライオネルの首から噴き出て、脈打つたびにチェストや床を汚していく。

もって数分。たとえ手当てをしても助からないだろう。四肢をびくびくと痙攣（けいれん）させながら、血とともに命を失っていくライオネルの姿を見下ろし、持っていた短剣を床に落とした。

「――ローレン様」

姿が見えない人の名前を呼ぶ。

「ローレン様」

返事が聞こえてこないことに焦燥感を覚えながら、シリウスは彼女の姿を探した。

カーテンの陰、ベッドの下、浴室。

「ローレン様、俺です、シリウスです」

いったいどこに。もしかしてライオネルの仲間に攫われてしまったのだろうか。

窓も開いていないし破られてもいないのでその可能性は低いと思っていたが、それは見当違いだったのか。

「ローレン様！」

もう一度大きな声で名前を呼ぶ。

「……っ……ぅ……ぅ」

すると、クローゼットの方から啜り泣く声が聞こえてきた。

急いでその声がする方へと走り寄り、ゆっくりとクローゼットの扉を開く。

「……ローレン様」

何着もかけられている真っ白なドレスを掻き分けて、ようやくその人を見つけた。

小さく蹲り、頭を抱えながら泣きじゃくる姿はあまりにも弱々しくて、痛ましくて。

無事な姿を見られたことに安堵しながらも、ずきりとした痛みが胸を襲う。

「ローレン様」

跪(ひざまず)き、彼女と目線を合わせる。頭を抱えた手を優しく取り、ゆっくりと剝がした。

「……シリウス……さん……」

「ええ、俺です。ローレン様」

涙で顔がぐちゃぐちゃになっていて、ライオネルのものであろう血が銀色の髪の毛にも頰にもついていている。可哀想なくらいにボロボロで、――愛おしい。

シリウスの顔を見た瞬間、ホッとした顔を見せた彼女が堪らなく愛おしかった。

「よく頑張りましたね」

小さな身体をこの腕に閉じ込めて、宥(なだ)めるように背中を擦る。

シリウスは仄かな悦びとともに、彼女を強く抱き締めた。

第三章

「こ、これは……！　ローレン様!?　ローレン……ひっ！　ひぃっ！」

やかましい声とともにやってきたエズラは、蹴破られた扉に驚いたのだろう。

ローレンの名前を呼びながら部屋に足を踏み入れ、そして血だらけで床に倒れているライオネルを見つけたといったところか。

ローレンの部屋は、クローゼットが奥まったところにある。こちらからはエズラの様子は見えないのだが、声や足音だけでそれを察することができた。

ようやくローレンの身体の震えが収まってきたというのに、エズラのせいでまた振り出しに戻ってしまった。

どちらにせよ、この状態の彼女をエズラに会わせるわけにはいかない。声が聞こえてきただけでがくがく震えて過剰に反応しているのだ。恐慌状態をさらに悪化させるだけだろう。

「ローレン様、エズラ様と少し話をしてきます。ここで待っていてくださいますか？」

返事はない。

　おそらくローレンが勝手にどこかに行くことはないだろう。この様子ではクローゼットから出ることすら難しいかもしれない。

「閉めておきます」

　ここがローレンにとって安全地帯なのであれば、無理強いはできない。なるべく刺激を与えないようにゆっくりと扉を閉め、少し光が入る状態にして立ち上がる。

　クローゼット近くの窓を静かに開けてから、エズラのもとへと向かった。

　彼は真っ青な顔をして腰を抜かし床にへたり込んでいて、ライオネルの変わり果てた姿を驚愕の面持ちで見つめていた。

　ちらりとライオネルを見下ろすと、完全にこと切れていた。生気が抜けた虚ろな目をしている。

「ローレン様は無事です。ただ、襲われたショックで今は話せません。俺が状況説明を」

「……お、襲われた？　この部屋で？」

　ローレン同様、人が殺された場面など見たことがないのだろう。魂が抜けてしまったまま戻らないといった顔でエズラはこちらを見遣る。

「はい。そのようです」

「そのようですって……お前……！」

　何を暢気なことを言っているのか。エズラは慌てた素振りも見せないシリウスに激高し、ようやく我に返ったようだ。

「貴方が俺を不用意に呼び出したりするからでしょう」

怒鳴られたところでどうしようもない。シリウスが駆けつけたときには、ナイフはすでにライオネルの首に刺さっていたのだから。ローレンが話をしてくれない限り、詳細は分からないだろう。

あとは、状況から判断するしかないのだが……シリウスが知り得たのは、ライオネルがローレンを襲ったということだけ。

奴が敵方に寝返ったのか、それともローレンに不埒な真似をしたのか分からないが、どちらにせよ彼女が短剣を使うような状況に陥ったことはたしかだ。

ライオネルと二人きりにしなければ、こんなことにはならなかっただろうに。

後悔がとめどなく押し寄せてくる。

「敵は窓から侵入。ライオネルは応戦するものの、敵わず力尽き、ローレン様はその隙にクローゼットに逃げ込んだようです。俺が部屋に突入したために、敵は侵入口から逃げた、といったところでしょうか」

先ほど自ら開けた窓を指さしながらエズラに状況を説明した。

言わずもがな、これは嘘だ。ローレンを守るための話をでっち上げている。

ライオネルが犯人だと正直に言ってしまうと、少々厄介なことになるからだ。

ローレンが短剣を密かに持っていたことが知られてしまうし、何より護衛に裏切り者がいたとなれば、この神経質な男はシリウスにも疑いの目を向けるはずだ。

そして解雇して入れ替えようとするだろう。

今ローレンの側を離れるわけにはいかないと、少々事実を捻じ曲げた話をエズラにする。

「まったく……ライオネルには大金をはたいたのですが、役に立ちませんでしたね」

まるで使い捨ての駒のような言い草だ。たとえ作り話だとしてもライオネルは命を賭してローレンを救ったというのに、褒めることはおろか感謝すらしない。

こんなことで壊れて使えなくなるとはといった呆れのようなものすら見え隠れする。

「お前は簡単にやられないでくださいよ。次を見つけるのにも一苦労だ」

彼にとっては、すべてが使い捨ての駒なのだろう。

――おそらく、ローレンのことさえも。

「俺は引き続きローレン様の側に付き添いますので、誰かに頼んでライオネルの遺体を片づけさせてください」

「お、お前が私に命令するんじゃない！」

「すみません。随分と放心されて即時に判断を下せるような状態ではないとお見受けしましたので。それはともかく、貴方の声はローレン様を刺激しますので、できれば早急に部屋を出ていってもらいたい」

シリウスよりも背が低いエズラを威圧するように見下ろすと、彼はたじろいだ様子を見せた。

「よろしくお願い致します」

エズラは悔しそうにこちらを睨みつけたが、結局力なく「人を寄越します」と言って部屋を出ていった。あのままエインズワース伯爵に報告に行くのだろう。腰巾着の大事な役目だ。

ようやく煩いのがいなくなって、ふぅ……と深く息を吐く。

足元に転がっているライオネルに目線を下ろし、物言わぬそれの顔を思い切り踏みつけた。

「……下衆が」

怒りと憎しみを吐き捨てて、シリウスはもう一度ライオネルの胸を蹴り上げる。

ボキっと肋骨が折れる音と感触がした。

気持ちが暗闇の中で揺蕩(たゆた)っているよう。

ローレンは膝を抱えながら、宙に浮いた思考を彷徨わせる。

着地点が定まらず、引き寄せても自分のもとへは戻らない。どこか浮ついていて、どこか心許ない。そんな心地がずっと続いていた。

恐ろしいできごとがあって、ローレンの心はそれをどうにかこうにか収まる場所に収めようとしているのだろう。

だが、この心はそんな余裕もないほどにボロボロで、心の抽斗を開けようとしてもガタついて上手く開かない。ガタガタと歪な音だけが響いて、それすらもローレンを苦しめた。

今はただ、何もかもが怖い。

外に出ることも、人に会うことも。すべてがローレンを傷つけるような気がして足が竦む。

身体が重くて動けなかった。

もう三日もクローゼットに篭もっている。この身体を伸ばせるほどの大きさの空間が、唯一ローレンが安心できる場所になってしまっていた。

手洗いや入浴に向かうたびにあの光景が甦ってきた。

もうライオネルはそこにいないのに、彼が倒れた床を見ると殺されそうになった恐怖や、刺したときの感触を思い出して身体が慄く。

結局は足早にクローゼットの中に戻り、そこに身を潜めてしまうのだ。

心が外の世界を拒絶して、自分を守ろうとしているのだとシリウスが言っていた。だから、無理をしてクローゼットから出てくる必要はないと。

彼はいつもクローゼットの扉越しに話しかけてくれた。

今もすぐそこにいるのだろう。そこにいて守ってくれている。

食事などはシリウスが受け取り、安心して休めるようにしてくれていた。

何度かエズラがやってきて、扉の前でローレンに語りかけてきた。

『ほら、ローレン様、王太子殿下からドレスが届きましたよ！　見てみませんか？』

『お父様が心配されております。いつものローレン様に戻ってほしいと。慈善活動もいつまでもお休みするわけにはいきませんし……。分かりました、では、あと三日お休みをあげましょう。いいですか？　三日ですよ』

いつもなら、彼の言葉に「分かった」と返すところだが、今は返事すらも億劫だ。エズラの言葉はローレンをさらに現実から遠ざけるだけだった。

エズラは、しばらくしてシリウスに追い出されるように帰っていく。

父は部屋にもやってこない。

クローゼットに篭もって聖女活動をしない娘は、話す価値もないということだろう。

ああ、やはり……と父に失望している自分もいた。

「ローレン様、今日は少し肌寒いですが、毛布は必要ありませんか？」

唯一、優しくしてくれるのはシリウスだけ。

ただそこにいてくれるだけでいい。無理強いをせずにただぽつぽつと話をしてくれるシリウスの接し方はありがたかった。

だから、彼の言葉にだけは返事をするようになった。少しずつではあったが。

いつしか、クローゼットの暗闇に響くシリウスの声だけが現実になっていく。

だが同時に、シリウスの存在がローレンの中で大きくなっていくことが怖くもあった。

――彼もまた、ライオネルのように……。

シリウスを疑いたくないのに、嫌な考えがこびりついて剝がれない。今縋ることができる唯一の存在に裏切られたら、辛うじて残っている自我さえ崩壊してしまうだろう。

そんな中、シリウスがぽつりと彼自身の迷いを漏らす。

「……俺に怒っていますか？」

最初、何を問われているのか分からなかった。口の中で「怒っている？」と嚙み締めながら反芻し、言葉の意味を探る。

ようやくそれが吞み込めたとき、ローレンは「どうして？」と問うていた。

「シリウスさんに怒る理由が見つかりません」

探っても探っても見つからないものを、どうしてシリウスが気にするのか。

「もっと俺が早く助けにきていたらこんな恐ろしい目に遭うことはなかった。俺は貴女の護衛ですから。怒って然るべきかと」

「……そうでしょうか？　……私にはそうは思えません」

彼はさぼっていたわけではない。エズラに呼び出されて不在にしていた。それだけのことだ。そして、いざというとき切り抜けられるようにと知恵や技を授けてくれていた。

これ以上のものが他にあるだろうか。

「シリウスさんには感謝しています。きっとあのとき短剣も持たずにいたら後悔していたでしょう。あぁ、もっと生きたかったと」

そして悟ったのだ。自分は浅ましいほどに人間なのだと。

他の聖人たちみたいに誰かのために命を投げ出すこともできない、ただの人間だったと。

シリウスの言う通り、ローレンの中にも薄汚くて身勝手な欲があったのだ。

「だから、怒っていません。ここから出られないのは……ただ」

こんな言葉、口にすることも許されない。

けれども、躊躇いを呑み込んで、震える唇を再び開いた。

「ただ、怖いだけ。ただそれだけ……」

もう自分ではどうしようもないものをどうにかしてと、シリウスに助けを求めるように口にした。

父は毅然と恐怖に立ち向かえと言っていた。それが、皆が求める聖女なのだと。

けれど父の言葉は、もうローレンに何の力も与えなかった。

震えて怯えるだけの自分が情けない。

克服しようとか、忘れようとか、前向きなことが一切頭を過らなかった。

「何が怖いですか？」

シリウスが静かに問う。

何が。考えて目を閉じる。

たくさんある。今はすべてに恐れ慄いているような状況だ。

でも、一番怖いと思うのは。

命を失うよりも怖いと思っているのは……。

「シリウスさんにまで裏切られたらどうしよう……という考えが頭の中から離れません」

喉が熱くなり、また涙が零れる。

今、シリウスがどんな顔をしているかも見るのが恐ろしかった。

「……それは困りましたね。裏切るなんてことはしないとしか言えないのが心苦しい」

声だけで彼を感じる。何を考えて、何のためにここにいるのか。

表情から本当の感情を読み取れたこともないのに、ローレンは必死に声から探ろうとしていた。

「信じるか信じないかは、ローレン様次第。貴女が答えを導き出してください」

「その結果、信じられないとなったら？」

「それでも側にいます」

すぐに返ってくる言葉に、淀（よど）みや迷いがなかった。嘘だとしても嬉しかった。

「もし、私を裏切るときは……」

「はい」

「最後まで悟らせないでください。何も知らせないまま私を殺して」

最後の最後に絶望するよりは、何も知らないまま逝ってしまった方がよほど楽だ。裏切りを知って苦しむより、優しい死がほしい。

「殺しません。誰かのために貴女の命を奪うことなどできない」

ローレンは思わず手を強く握り締める。

「それは貴女が聖女と呼ばれているからではなく、子どもの笑顔を守りたいと望む貴女を、ローレンという人を俺自身が守りたいと願っているからです。……俺が貴女を殺すときは、貴女が心からそう望んだときだけ。誰かにその命の結末を委ねたりはしない」

嗚咽を堪えようとしても堪え切れない。顔を膝の間に埋めて、懸命に声を噛み殺した。

ここまで言ってもらえて嬉しい。

嬉しいはずなのに、どうしてこの身体は動いてくれないのだろう。

シリウスにこんなことを言わせてしまって、それこそ申し訳ない気持ちしか湧いてこない。

「……ごめんなさい、シリウスさん。私……貴方のその言葉に早く報いることができればいいのだけれど」

いまだにその兆しが見えてこないことが、情けない。

「出たいですか？　ローレン様」

「分からないの。早く出なくてはいけないとは分かっているけれど。出たいとは思っているのだけれど……」

けれども、クローゼットに篭もっていた時間は、実にここ最近で一番穏やかな時間だった。

ここを出て、日常に戻ってしまったら。

そうしたら、ローレンはまた聖女でいなければならない。

清く正しく、慈悲深く、欲を持たず、王太子に望まれる民衆の人気者。故に命を狙われ、遺体ですらもコレクションしようとする輩がいる。

そんなものにローレンはならなければならない。

あと、ひとつ。まだ己の罪と向き合う準備ができていない。

正当防衛だった。紛れもなく。

ああしなければ、ローレンは毒で死に、死体愛好家の慰み者になっていただろう。

だが、消えない。ライオネルを刺したときの感触が。

皮膚が裂け、肉に刃先が食い込み、抵抗が凄くて深く刺せなくて。それでも力を込めてライオネルに突き立てた。

彼がどうなったのか分からない。シリウスも言わない。

でも、ローレンが剣を向けて害したのはたしか。

人を傷つけた罪を感じずにはいられない。罪悪感と自罰感情は簡単に拭えるものではなく、気持ちの整理がつかなかった。

「ローレン様、俺がクローゼットの中に入っても？」

「え？」

「俺が貴女の場所（テリトリー）に入っても構いませんか？」

この狭い空間に、ふたりで。

今までひとりでいた安寧の場所に、シリウスを招き入れる。

彼が自分の領域に入ることを許容できるか。考えたが、不思議と不安はあれども拒絶感はなかった。

シリウスならいいと、返事をする。すると、クローゼットの扉がゆっくりと開かれた。

長躯であるちょうく彼には窮屈そうではあったが、腰を下ろして片脚を立てて座る。クローゼットの中は、ふたり並んで座るには申し分のない広さがあったが、それでも密着せざるを得なかった。

「あまりくっつかない方がいいですか？」

離れようとするシリウスの袖を、思わず掴む。ローレンは自分の咄嗟とっさの行動に狼狽ろうばいした。

袖を放したくなくて掴んだままでいると、彼はその手を握り締めてくる。

「それともくっついていたいですか？」

遠慮がちに頷くと、自分に寄りかかるようにと言ってきた。

ローレンはゆっくりと彼の腕に頭を預け、そっと目を閉じた。

「――シリウスさんはどうしてこの仕事をしようと思ったのですか？」

おもむろに開いた口から出たのは、ずっと聞いてみたかったこと。

何となく、聞いても教えてくれないのではないかと思って今まで遠慮していたが、彼がローレンの場所に入ってきたことで遠慮がなくなってしまったのだろう。

彼の言葉を聞けば、何か答えが見つかると思った。

罪を贖あがなう手がかりが。

「自分ができることはこれだけだと思ったからです。剣を手に取ったのは随分と若いときですが、後悔はなかった。……あのときは、ですが」

「今はあるのですか？」

「剣を取ったこと自体に後悔はありませんが、気づくべきものに気づけなかった己の愚かさを後悔したことはあります」

「それは……」

「よくあるでしょう。幼いが故に、視野が狭すぎて、違う選択肢があることにも気づかずに、それしかないと思ってしまうこと。それに似たような後悔です」

シリウスが言わんとしていることは、詳細は分からないが分かるような気がした。

ローレンにも同じような想いはある。

「でも、シリウスさんがこの道を選ばなかったら、私は貴方に出会えませんでしたね。

……多分、今私がこうして生きていることもなかった」

シリウスと出会っていなければ、最初に襲われたときにローレンは殺されていた。

今回もまた彼がくれた短剣がなければどうなっていたことか。

それだけじゃない。シリウスに出会わなければ、ローレンは聖女でいることに疑いを持つこともなかった。

ずっと人間のローレンとして思考することを忘れていた自分が、もう一度自分を思い出せた。

もし彼に出会わなかったら、悩むことなく、盲目的に父に従い、ただ流される楽な人生だっただろう。でも、一方で寂しい人生だったかもしれない。

視野が狭くて他を何故選べなかったのかと後悔さえしない人生だったかもしれない。

シリウスが変えてくれた。

彼が気づかせてくれた。

「……シリウスさん。…………シリウス、さん」

答えを聞くのが怖い。

でも、聞かなければきっとローレンは先に進めないだろう。

自分がしてしまったことと、向き合うときがやってきた。

「――私、ライオネルさんを……殺してしまったのでしょうか」

短剣をライオネルの首に突き刺し、痛みで苦しみ、彼が仰け反ったところで逃げ出した。

そのままクローゼットの中に隠れて、ライオネルが苦しみ悶える声を聞いていた。

耳を手で塞いでも聞こえてきた。

ライオネルを殺してしまったのかもしれない。でも、本当は生きているのかもしれない。

シリウスが言わないだけで、ローレンが知らないだけで。

答えを知るまでの猶予に救われたのはたしかだが、同時に苦しみもした。自分が傷つけた人の安否さえ分からないことに。

でも、もう十分だろう、甘えるのは。

シリウスの漆黒の瞳を見つめて、その答えを待つ。もう覚悟はできていると彼に訴えかけるように、じっとその答えを待っていた。

「貴女は殺していません。俺がとどめを刺しました」

「……でも、私、首のところにある太い血管を深く刺して……」

予想外の答えに、逆に戸惑う。違うと言われても俄かには信じられなかった。

「たとえば、もっと深く刺していたり、短剣を抜いていれば違っていたでしょうね。あっという間に失血死したでしょうが、そのままでしたから。ですから、俺が刺さっていた短剣を一度深く刺して、そして抜きました。それが彼の命を奪った」

淡々と話すシリウスの口調は、およそ人を殺したときのものとは思えなかった。冷静で落ち着き払っていて、まるで作業工程を話すかのような口ぶり。

だから、何を言われているか分からなかった。

何度も頭の中で反芻し、理解できたところでローレンは息を吞む。

「……つまり、私は貴方に殺させてしまった……？」

ローレンが仕留め切れずに、代わりにシリウスが殺人の罪を被った。

「いいえ。ライオネルが俺に剣を向けてきたので容赦しなかっただけのこと。貴女を襲ったことも含め、あいつが俺に殺されたのは当然の結末です」

「でも、私が……ちゃんと……」

「殺していれば？」

言い淀んだ言葉の先を躊躇いもなく口にされて、ローレンはビクリと肩を震わせた。

こんなもの、詭弁だ。シリウスに罪の肩代わりをさせてしまったことが苦しくて口にしようとした。

彼もそれは分かっているのだろう。

だから、ローレンには言わせずに自分が先に口にした。

「……ごめんなさい」

もう何が何だか。感情がぐちゃぐちゃだ。いろんなものが、油絵のように次から次へとキャンバスにぶつけられては色を変える。

殺していないことに安堵すればいいのか、シリウスに殺させてしまったことを後悔すればいいのか、ライオネルの死を悼めばいいのか。

どうすればいいのか分からずに、「ごめんなさい」と言葉が口から零れ落ちる。

いつまで経ってもまとまらない考え。いつまで経っても立ち直らない心。

もうこんな自分が嫌になる。

「貴方にもライオネルさんにもどう贖えばいいのか……」

すべてから目を逸らすように、ローレンは自分の目を手で覆った。

「たとえ、ここで俺が贖いなど必要ないと言ったところで、貴女はそれをよしとできないでしょう。——貴女はどうしようもなく、そういう人だ」

けれども、シリウスの手がローレンの手首をそっと握り、ゆっくりと顔を覆った手を取る。

目の前に現れたのは、こちらを見つめるシリウスの美しい顔。

口元を綻ばせた彼が、ローレンが覆い隠そうとするものを剥ぎ取る。

「では、俺に対して、贖ってみますか？」

それは救いだった。ローレンにとっての、最大の救い。

何も考えずに頷く。

贖えるのであれば何だっていい。ローレンに答えをくれるのであれば、それがどんなことであったとしても受け入れて、自分の一部にしたい。

シリウスに背負わせてしまった罪を、自分のものにできるのであれば。

彼とともにいられるのなら。――たとえ、地獄でも。

「ローレン様の唇で、俺の罪を吸い取ってください」

シリウスの親指がローレンの下唇を撫でる。ゆっくりとその形を確かめるように。

「……どのようにして吸えば……」

目に見えないものを吸い取れるはずがない。罪など、己の潜在意識の中にあるもので、吸えるものでも目に見えるものでもないはずだ。

「俺の唇から吸えばいいのです。貴女のこの唇で」

けれども、どうしてだろう。シリウスがそう言うと、本当に吸えるような気がした。

嘘か真か。優しい嘘か、彼自身がそう思っているのか。

「ただの儀式だと思えばいい。口から吸い取ってふたりで罪を共有する、秘密の儀式」

「……秘密の儀式」

「どうせ俺に贖うのであれば、そう贖われたい」

シリウスがそう望むのであれば、ローレンは構わない。贖い方を決めるのは、罪人の方ではなく、被害を受けた方。ローレンに否やはなかった。

でも、口から吸うということは口づけをするのと同じ。意味合いは違えども、行為は同じだ。

想像して、自然と頬が赤くなる。

「試してみますか？　どんな感じか」

甘い誘惑のように聞こえた。

ローレンが迷っている姿を見て、そっと背中を押すように囁く。

心地よい低い声で耳をくすぐり、ローレンの心をもくすぐるシリウスは、とても美しく凄艶な笑みを浮かべていた。

先ほどまで鈍い音しか立てていなかった心臓が、息を吹き返したかのように大きくうねる。抗えない何かが、そこにはあったのだ。

――シリウスは、撫でつけるように手のひらをローレンの頬に寄せた。

顔をすっぽりと覆うほどに大きくて、節くれ立って温かなそれは優しかった。まるで壊れものに触れるかのように丁寧に撫でてきたのだ。

それがもどかしくもあるし、嬉しくもある。大切に扱ってくれようとしているのが分かるから嬉しい。けれども、もっと乱雑に扱ってくれてもいいのにとどこかで思う自分もいる。

でも、シリウスはそんなことはしてくれない。

どこまでも優しく、どこまでも甘く。

ローレンに無理強いはせずに、選択権を与えてくれる。いっそのこと奪ってくれてもいいのにと思ってしまうほどに、彼はローレンに優しくするのだ。

優しくされることに慣れていないローレンは、前髪を掻き上げて頭を撫でてくる彼の仕草も面映ゆかった。

頭を撫でられるなど、随分と久しいことだ。母が撫でてくれた覚えがあるが、父はどうだったろうか。それすらも思い出せないほどに遠い昔の記憶だ。

あぁ、こんなにも心が穏やかになるものだったろうか、これは。

こんなにも心地よく、心も身体も力が抜けていくようなものだったろうか。

彼の手の動きにうっとりとしながら目を細めた。

そんなローレンを見て、シリウスは口元を緩める。そして、ゆっくりと顔を近づけてきた。

彼の唇は、まるで柘榴（ざくろ）のごとく真っ赤で。ローレンはその赤に魅入られて、吸い寄せられるように己の唇を差し出す。

「……きっと背徳の味がしますよ」

――それはとびきり甘くて、癖になる。

唇が触れる直前、シリウスは掠れた声でそう囁いた。

「……んっ」

熱くて柔らかなシリウスの唇が、一気にローレンを貪る。先ほどの優しさは嘘か、前振りもなく丁寧な導入もなく、ぴったりと唇を覆われた。

息すらも奪われてしまいそうなほどに深く重ねられたそれは、ローレンの無垢な唇を弄び始めた。

啄むように吸い、角度を変えてまた繋がる。

その間、ただ身体を硬直させていたが、息をするのも忘れていたらしい。シリウスの唇が一瞬離れる隙を狙って、喘ぐように空気を求めた。

けれどもまた塞がれて息を奪われる。ローレンが吸うというよりも、シリウスに吸われている気がした。

罪を吸っているはずなのに、贖いのはずなのに、とても気持ちいい。

腰からゾクゾクとしたものが駆け上がってきて、脳を痺れさせる。シリウスがローレンの唇を啄むたびにその愉悦に似たものが苛んできて、何もかも分からなくなってしまいそう。

怖くなって薄っすらと目を開けた瞬間、開けなければよかったと後悔する。

シリウスの瞳が真っ直ぐこちらに向けられていた。ローレンの表情をひとつも見逃すことがないようにとつぶさに見つめていたのだ。

さらに身体が熱くなり、身悶えする。

すると、小さく開いた口の中に、肉厚の舌がぬるりと潜り込んできた。それは、ローレンの舌を舐め、新たな感覚を生み出す。

もうこれ以上は頭がおかしくなりそう。

ローレンは自ら身体を引いて、彼の唇から逃れる。

「……シリウス……さ……っ」

それでも追ってきたシリウスは、なおも口づけてきた。腰を引き寄せ自分の膝の上にローレンを乗せると、逃がさないとばかりに舌で口内を舐り続ける。

「……ふぅ……ンん……っ」

シリウスに跨る形で舌を吸われているローレンは、そのはしたない格好に眩暈がしてきそうだった。こんな縺れ合うような姿、とても罪を贖っているようには思えない。

けれども、気持ちがよくて、やめてほしくなくて。

ローレンは戸惑いながらも、彼の激しい口づけを受け入れていた。

だが、そのうち口づけだけでは収まらなくなる。シリウスの手が、ローレンの腰を擦り、そしてまるみを帯びた臀部を撫でてきた。

どうしてこんなにも気持ちいいのだろう。

シリウスの大きくて温かな手が心地よくて、布越しでも肌に触れられる感触が快楽を生み出して。ローレンはいけないことだと分かっていながらも、逃げることもしなかった。

もっと、もっと強く、激しく。

焼き切れてしまいそうなほどの欲が頭の中を刺激して、シリウスの肩に縋りつき手を置いた。

すると、彼の手が移動し、スカートの上から内腿を撫でつけてくる。名残惜しむように何度か唇を啄むと、今度はローレンの首筋に顔を埋めてきた。

熱い吐息が、太い血管が通るそこにかかる。

皮膚が薄いから敏感なのだろうか。ちゅう……と強く口づけられると、腰がジンと痺れた。

「……ンぁ……あぁ……っ」

シリウスの唇は鎖骨に、そして胸の上に。薄手のワンピースの上から柔肉を食み、歯を立てる。

甘い痛みが走り、ローレンは小さく啼いた。何度も何度も、場所を変えて食まれては放されまた別の個所に。シリウスに食まれる箇所が増えるごとに下腹部が熱くなっていく。

服の上からなのに、ローレンは酷く感じてしまっている。

淫らな気持ちになり、自然と腰が揺れていた。

胸の頂がぷっくりと膨れ上がり、布越しでも分かるほどに勃ち上がっている。まるでここも弄んでと言わんばかりに主張するそこに、シリウスは目を移す。

「……あの……こ、これは……」

何てはしたない身体なのだろう。淫らに反応して、悦びを表しているなんて。

クスリと微笑むシリウスは、こちらをちらりと見て唇をそこに寄せる。口を開け、頂を食べてしまおうとしている光景を見て、ゾクゾクと背中が震える。

「……待って！　そ、それ以上は……」

もう言い訳が利かなくなる。

ローレンは、咄嗟にシリウスの口を手で覆った。シリウスの柔らかな唇の感触が伝わってきて、顔を赤くする。

何てことをしてしまったのだろうと、手を離して、シリウスから距離を取った。

あの柔らかな唇から今自分は罪を食らったのだ。

いや、逆に食らわれたのだろうか。

当惑と羞恥、そして身体に燻り（くすぶり）を残した熱。暴かれた快楽。

ローレンは思わず自分の身体を抱き締めた。何かに塗り替えられていくような気がして怖くて……でもゾクゾクする。

塗り替えられることに、嫌悪感は抱かない。むしろ、どんな自分になるのかと期待してもいる。

「いかがでした？」

シリウスが問うてきた。

案外悪いものでもないでしょう？　と誘うような艶のある声に、ローレンは息を呑んだ。

『無理にクローゼットから出る必要はありません。ローレン様が大丈夫だと思ったら、一緒に出ましょう。それまで、俺もここにいます』

柔らかな眼差しで見つめながらそう言ってくれたシリウスの言葉に甘えて、ふたりでクローゼットに引き篭もる日々が続いた。

ローレンが身体を横にするにはちょうどいい、けれどもシリウスが横になるには窮屈な、そんな狭い空間でふたりきり。昼も日が差さず真っ暗な世界で、ただ寄り添っていた。

シリウスが胸を貸してくれて、そこに身体を預ける。

微睡(まどろ)みと覚醒が交互にやってきて、ローレンはそれに身を委ねた。

ときおり悪夢がやってきて、忘れるなとばかりに思い出したくもない場面を見せてくる。

父の不機嫌そうな顔、エズラの小言、ローレンを聖女と崇める民の声、ルドルフのねっとりとした視線、――ライオネルが襲ってきて、そして彼の首に短剣を刺した場面。

自分の悲鳴で飛び起き、夢と現実の境目が曖昧になって、目を覚ましてもなお逃れようと悶える。泣き叫んでは助けを求めた。

シリウスは、そんなローレンの身体をギュッと抱き締めて安心させてくれる。

背中を擦り、「俺がここにいますよ」「夢ですよ」と何度も大丈夫だと言葉をくれるのだ。

ローレンは彼のぬくもりや声や匂いに安堵し、まるで子どものように泣きじゃくる。

そのたびに、安心できる場所が、クローゼットの中からシリウスの腕の中に移っていく。

ここでしか本当の安心は得られないのではないだろうか。本気でそんなことを思ってしまうほどに、シリウスの腕の中は居心地がよかった。

落ち着くと、彼は必ずそう聞いてくれる。ローレンは静かに頷き、自分の唇をシリウスの唇へと近づけていった。

「口づけ、しますか？」

心が、身体が、蕩けていきそう。

シリウスと口づけをするたびに、ローレンの中で何かが砕けていく。ボロボロ、ボロボロとゆっくりと。

最初に口づけをしたときから変わらずこの行為は気持ちよくて、自分の中に罪を落とし込んでいるというより、別のものを吹き込まれているような感じがして。

シリウスの言う通り、背徳の味がする口づけだった。

「……ふぅ……ンん……あぅ」

舌を吸われ、唾液を啜られ、唇を啄まれて。感じてはいけない、これは贖罪だと自分に言い聞かせても、身体は自然に昂り心が歓喜していた。

唇を離されると、惜しむようにシリウスの唇を追う。はしたない自分を恥じながらも、欲が理性をじわじわと侵食していくのが分かった。

——もっと、してほしい。

その一言を言えたのなら、どれほどよかっただろう。

けれども、言ってしまったら、その先を欲しがってしまったら、もうそれは贖罪ではなく我欲だ。ただの薄汚い欲望をシリウスにぶつけることになる。

そんなことはできないと己を律する。だが、我慢をすればするほどに欲が溜まっていき、とめどない。

今まで自分に我慢を強いていた。でも、いつも諦めがついていたのだ。慣れてしまっていたから、そういうものだと自分に言い聞かせることができた。

それなのに、シリウスに対してだけは欲を呑み下すことができない。よしんばできても、胎（はら）の中に溜まって淀んでいくような感じすらしていた。

「汗を流しましょうか、ローレン様」

シリウスはローレンの葛藤を知らず、いつものような態度で声をかけてくる。

悪夢に魘（うな）されて大量に汗をかいてしまったので、たしかに身体を清めたい。ローレンは、コクリと頷いた。

ふたりで引き篭もってから、クローゼットから出るときはいつもシリウスが抱き上げて移動してくれるようになった。

どうやら彼は、ローレンが部屋の床を見るたびにライオネルのことを思い出してしまうことに気づいていたらしい。

『貴女のことをとことん甘やかすと決めましたので、どうか俺に甘やかされてください』

どこか嬉しそうな顔でそんなことを言われてしまったら、もう何も言えなかった。

そんなことを言われたのは初めてで、戸惑いつつも、甘やかされるというのはどんなものなのだろうという好奇心に勝てなかった。

シリウスの「甘やかし」には、入浴の手伝いもある。

恥ずかしさはあったが、これも彼の「甘やかし」のひとつだと言われると嫌だと断れるはずもなかった。

一緒に入るのかと思いドキドキしたが、「それはまだ早いかと」と言われ、期待してしまった自分に気づく。彼はローレンが眠っている間に身を清めているらしい。

今はただ、ローレンをぐずぐずに甘やかすためだけに側にいて、お手伝いをしたいのだと言う。

ローレンの世話をしているときのシリウスは本当に甲斐甲斐しい。髪の毛を丁寧に洗い、身体を海綿で拭い、浴槽に身体を沈めているときも見守ってくれていた。

浴槽の側に椅子を置き、ローレンの顔を見下ろすように座るシリウスはどこか嬉しそうで、こちらを見下ろす彼の顔を見るのが好きになっていた。

目と目が合って、彼の目元が和らぐ。その下にある唇が視界に入り、先ほどの口づけを思い出して下腹部が疼いた。

ようやく気持ちが切り替えられそうだったのに、ふとした瞬間に名残惜しさが甦ってきて飢えを感じてしまう。切ないくらいに。

そんなことを思っていたせいか、ローレンの視線はシリウスの唇に釘づけになっていた。

不意にシリウスが上体を屈めてきて、ローレンの顔に影が落ちる。どうしたのだろうと
瞬くと、彼の唇がローレンの唇に触れてきた。

驚きのあまり、目を開けたまま固まってしまう。

いつもの合図も言葉もない、不意打ちの口づけ。これをどう解釈していいのか分からず
にただただ戸惑っていた。

「申し訳ございません。ローレン様の顔を見ていたら、触れてみたくなりました」

「……そう、ですか」

「お嫌でしたか？」

「……嫌、では……ないですけれど……」

でも贖罪以外でそんな触れ合いをしていいのだろうか。

したくなったからする。それはもう贖罪ではなく……。

「……ただの口づけになってしまいます。罪を吸うことも忘れて……ただ戯れるだけの」

それが許される関係ではないはずだ。

口づけは、罪を吸うという名目のもとに行われていた行為。恋人でも夫婦でもない自分
たちがそれを取っ払って、感情の赴くままにするのは障りがあるはずではないのか。

シリウスもそれが分かっていると思っていたのに。

——違う？

頭の中でいっぱいになった問いを目で投げかけると、シリウスはローレンの唇に指を這わせながら言う。

「ただの口づけをしたところで、誰が咎めるでしょうか。誰も見ていない、ふたりだけのこの場所で」

ところが、彼から返ってきた答えは、ローレンが思っていたものとは違っていた。

「誰も見ていない場所だからこそ、自分がしたいと思うことをするのです。ローレン様もまたそうしていいのですよ。……俺にしてほしいことを素直に口にしても、許される」

許しを与えるような言葉に、胸がうるさいくらいに高鳴る。

「……私が、してほしいことを？」

「ええ、そうです。貴女は俺に甘やかされているのだから、何を口にしても許される。外に出たらそうはいかないでしょう。だから、今だけは、ふたりきりでいる間だけは自分を許してあげてください」

本当にいいのだろうか。口にしても。

素直に欲を吐き出しても、シリウスは許してくれる？

贖罪の名のもとでなくとも、彼の唇を欲しがっても許される？

ローレンの心は惑う。

シリウスの言葉は、甘美だ。「許す」と言われるだけで、抑圧された自分が解き放たれていくような気持ちになる。

聖女でなくてもいいことが、こんなにも救いになるとは知らなかった。こんなにも心が満たされるとは。

もっと知りたい、この先を。

もっと許されたい、ローレン自身を。

その誘惑は、抗いがたい。

「……なら、もっと触れたいと……触れてほしいと言ったら……許されますか？」

「どこに？」

「貴方の、唇に」

「そこだけですか？」

シリウスの指が唇から顎に滑り、手のひらで首筋を撫で下ろしてきた。

ソワリと肌の下に快楽が生まれいずる。

最初に口づけしたときのことを思い出して、身体が熱くなる。あのとき、シリウスは口づけだけでは終わらせなかった。その先を望んで、そしてローレンがそれを止めたのだ。

でも、今日は止める必要はない。

触ってほしいという気持ちを押し隠すことなど、する必要はないのだ。

「……もっと」

他にも触れてほしい。そう言おうとして、理性が邪魔をする。唇が震えて、決定的な言葉を口にしてはいけないと最後の抵抗をしていた。

言えない。揺れる心が瞳にも表れた。

「……仕方のない人ですね。なら、俺が代わりに言ってあげましょうか。貴女は頷くだけでいい。嫌なら、首を横に振ってください」

シリウスの譲歩にありがたいと思いながら頷いた。

「口づけだけでは足りませんか？」

ひとつ頷く。

「もっと他にも触れてほしいですか？」

それにも、躊躇いながら頷いた。

「ローレン様が、先日ダメだとおっしゃったこと以上のことをしても？」

「それは……」

「これは首を縦に振るか横に振るか、ふたつにひとつの問いですよ」

「はい」か「いいえ」か、それだけしか許されない。彼は薄っすらと笑みを浮かべながらも、どこか有無を言わさぬ強さでローレンに選択を迫った。

余計な言葉はいらない。今必要なのは受け入れるかどうかの意志だけなのだと。

ローレンは、シリウスから目を逸らして俯く。

けれども、ゆっくりと首を縦に振った。

「承知致しました、ローレン様」

俯いたことで露わになったうなじにキスを落としたシリウスは、さっそく浴槽からローレンを出してリネンで軽く拭いたあとに抱き上げた。

服も纏っていない丸裸の状態で、ローレンは浴室から連れ出される。

部屋の床から目を逸らすようにシリウスの胸に顔を埋めていると、頭上から声が降ってきた。

「ベッドにお連れしても？」

クローゼットではなく、部屋の中央に置かれたベッドにローレンを連れて行ってもいいかとシリウスが問うてきた。

ベッドからはライオネルを刺した現場が見える。そこが目に入るたびに恐ろしい記憶が甦ってきて震え上がることは彼も知っているはずなのに。

戸惑いの目で彼を見つめた。

「嫌なのは重々承知です。怖い思いをした場所を目に入れたくもないのも知っています」

理解を示しながらも、シリウスはローレンをベッドの上に下ろした。

「だから、それらをすべて忘れさせてあげたいと思っておりまして」

ベッドに手を突き、こちらを覗き込むように見下ろしてきた彼は、ローレンの下腹部を擦りながら言う。

部屋を見て震えることも、怯えてクローゼットに逃げ込むこともなくなる。そうなれるのであればどれほど嬉しいか。

シリウスの言葉に、ローレンは興味をそそられた。

「ときに快楽は恐怖を上回る。貴女が今度あそこを見たときに感じるのは、恐怖ではなく……身体の疼き。燻るような快楽ですよ」

俺に任せて、と耳元で囁くシリウスの声にローレンは熱い吐息を吐き、ゆっくりと頷いた。

「目を、閉じていてください」

ローレンは頷き、目を閉じる。すると、ベッドの腰の辺りが沈み、軋む音が聞こえてきた。

シリウスが上に覆いかぶさっている。視界が閉じられているために、彼の気配を敏感に感じてしまい、息が自然と上がっていった。

「さっそく触れますが、いいですか？」

首を縦に振ると同時に、シリウスの温かな手が下腹部から鎖骨に向けてゆっくりと移動してくる。肌触りを確かめるように滑らせては、ローレンに未知の感覚を植えつけていった。

「覚えていますか？　太い血管がある箇所」

忘れるはずがない。短剣の使い方を教わった際、シリウスの身体に手を当てて知っていった。同時に、彼の身体の逞しさも知った。

「そこは、急所であると同時に、感じやすい箇所でもあります。ほら……他の場所より感じるでしょう？」

「……ンん」

首の太い血管が通っている箇所を、シリウスは指でくすぐる。たしかに、彼の言う通りそこは他の箇所よりも敏感なようだ。

「腕も、みぞおちもそうですね。あとは……鼠径部。ここも感じるはずです」

「……っぁう……はぅっ……あぁ……っ」

シリウスの身体をローレンがこうやって触ったとき、彼は平然とした顔をしていたが、本当は感じていたのだろうか。

ただ触れられているだけなのに、声が漏れてしまうほどに快楽を得てしまうだなんて。ただ自分の身体がはしたないだけなのか。

ローレンはシリウスの手に翻弄され、身体の変化を感じていた。

「そのまま集中していてください。俺の手のひらの皮膚の凹凸すべてを感じ取るように」

言われた通りにシリウスの手のひらの感触に意識を持っていく。あれほど武骨な手なのに動きは繊細で丁寧で、皮膚もがさついているかと思いきや、手入れをしているのか滑らかだった。

幾度となく手を差し伸べられたのに、まったく気づかなかった。些細なことだが、またひとつシリウスを知ることができてローレンは内心喜んでいた。

ところが突然、乳房にも触れられる感覚がして戸惑う。

「……え？　何？」

目を閉じているため、何をされているのか分からない。目を開けて確かめようとしたが、その前にシリウスの手がローレンの目を覆った。

「まだダメですよ、ローレン様」

「でも、何をされているか分からない状態だと怖くて……」

「では、俺がちゃんと説明しますから、どうかこのままで」

シリウスの手が目から離れ、再び身体の上に置かれる。

「先ほどローレン様が感じた快楽を、もっと広げていきます。それこそ、身体の隅々まで、血管のように。……まず手始めに、性感帯と言われるここ……」

そう言って指先が触れたのは、胸の頂だった。

乳暈の形をなぞるように円を描いていく。ソワソワと肌の下が粟立つような、でも明確ではない快楽で焦らされるかのような感覚がする。

先ほどと違うのは、快楽がじわじわと乳暈から乳首の先に集まっていく感じがすることだ。徐々にそこが硬くなり、勃ち上がっていくのが分かった。

「直接触っても？」

周辺を触られるだけでも身体が火照ってしまうほどなのに、直接性感帯を触られたらどうなってしまうのだろう。けれども先を知りたい。

不安と期待が入り混じり葛藤するものの、結局は頷いた。

おそらく指の腹だろう。それが勃ち上がった乳首を甘くグリグリとこねる。

「あっっ」

感じたことがない大きな快楽がローレンを襲い、思わず声を上げてしまった。慌てて手で口を塞ぎ、これ以上あられもない声が出ないようにする。

ところがそれも虚しく、甘い声はとめどなく溢れた。

「……あぁっ……ふぁっンぁ……あっ……ンぁっ」

乳首の先を指の腹で擦られ、摘まれて、爪で引っ掻かれて。何をされても感じてしまい、どうしようもなくなっていた。

それだけでも精一杯だというのに、今度はぬるりと濡れた感触がする。ザラザラとしたもので撫でられて、また違う感覚がローレンを苛んだ。

「……はぁっあぁ……な、舐め……て、いるの？」

「手とはまた違うでしょう？」

「……ちが……あぁ……ちが、います……っ」

舌で舐められるだけではなく、口で吸われている。ちゅう……と強く吸われれば、腰がビクビクと痙攣してしまうほどに痺れた。

全然違う。でも、どちらも気持ちよくて頭がおかしくなってしまいそう。

シリウスが愛撫を重ねれば重ねるほどに下腹部が切なくなっていく。じっとしていることができなくて悶えるように脚を動かせば、秘所から濡れた音が聞こえてきた。

恥ずかしさもまた官能を刺激するのだと初めて知る。ローレンは自分の身体の変化をどうにか隠そうとした。

「濡れてきたようですね」

「……ご、ごめんなさ」

「謝ることなどないのですよ。身体は刺激されれば、それに反応して変化していく。快楽を得れば、ここも濡れていくのは当然のことです」

次はそこを触りましょう。シリウスがクスリと笑ったような気がした。

彼の手が下腹部に伸び、薄い下生えを撫でつけて濡れた割れ目に到達する。

「……ぁ」

指先が秘裂をなぞり、滲み出た蜜を馴染ませるように動かした。くちゅ……くちゅ……と卑猥な音が耳に届く。

「……ひぁ……ンぁんっ……あぁ……あぁぅ」

蜜が指に絡み馴染んだ頃、割れ目を指で割り開かれた。中に侵入され、蜜口をくすぐられ、一緒に肉芽の皮も剝かれる。

さらに胸も愛でられて、上からも下からも快楽がとめどなく流れてきて何が何だか分からない。

ただ分かるのは気持ちいいということだけ。

胸を這いずるシリウスの舌が、蜜が滴る秘所を弄る指が、ローレンの頭を真っ白にした。

「次は少し辛いかもしれません」

「え？」

「気持ちよすぎて、辛いかもしれないという意味ですよ」

「ひぁっ！　……あぁっ！」

肉芽をキュッと摘まれて、ローレンは悲鳴にも似た喘ぎ声を上げた。

まるで雷にでも打たれたかのように身体がのたうち、ビクビクと震える。

制御などする間もなく強烈な快楽がローレンを襲い、逃れようとベッドの上を這う。

「逃げてはダメですよ」

だが、シリウスは容赦してくれず、もう片方の手で肩を掴んできた。

「……あぁっ！　そんなっ……これ以上……ンあぁっ……むり……むりです！」

「逃げようとすればするほど辛くなります」

逃げずに受け入れて、快楽にすべてを委ねて。

シリウスはローレンの耳元に口を寄せて囁く。

「快楽は貴女を高みに連れて行ってくれます。恐れる必要はありません。ただただ、凄く気持ちよくて、頭が真っ白になるだけです」

――あられもない声を上げて、乱れに乱れて。

「そんな貴女を誰も聖女とは呼ばないでしょうね」

「ひあぁっ！」

もう限界が訪れる。何かが身体の中で弾けそうな感覚がどんどんと膨らんでいって、ローレンをどこまでも追い詰めた。

身体だけではなく、シリウスの指も、声も、そして言葉も。

シリウスの指も、声も、心もまた、——解放されようとしていた。


「……目を開けてください、ローレン様」

言葉に従い目を開けるといつの間に横を向いていたのか、あのチェストが目に入った。

ライオネルに追い詰められて、刺したあの場所が目の前に。

「……あっ……あぁ……」

「ほら、言った通りでしょう？　今感じているのは恐怖ではなく、快楽。貴女をどこまでも悦ばせ、幸せにするもの」

指の動きが激しくなる。肉芽を虐める指先がローレンを高みに連れて行き、外耳を舐る舌が最後の一押しをした。

「……ンぁぅ……あぁっ……あぁー！」

快楽が弾けて、シリウスの言う通りに頭の中が真っ白になる。あの恐怖の元凶であった場所を目に焼きつけたまま迎えた絶頂は、恐怖を塗り潰していった。

腰が痙攣し、四肢が震え、ぶわりと一気に上がった体温が絶頂の波を長引かせる。その間もあの場所から目を離すことができなかった。

「……今もまだ、あの場所を見て湧き上がるのは恐怖ですか？」

もうきっと、シリウスは答えが分かっているのだろう。

この身体を今支配しているのは恐怖ではなく、快楽の余韻が引き出した身体の疼き。

あっという間に塗り替えて、あっという間に作り替えた。

ローレンは静かに首を横に振る。

もうそこは、恐怖を呼び起こす場所ではなくなっていた。


その日から、ローレンは徐々にクローゼットから出る時間が長くなっていった。もう部屋の中に恐れを感じさせるものは消えてしまったからだ。

部屋の中を見渡しても、ライオネルとのことを思い出すことはない。

思い出すのは、シリウスとの密事だった。

それでも贖罪は続いていて、口づけによってシリウスから罪を吸い取っている。

ベッドの上ではそれ以上のことが行われていて、シリウスの口で、舌で、手で教え込まれるのだ。部屋にいる間、感じるのは恐怖ではなく、快楽なのだと。

淫らに喘ぐ自分は、聖女でも何でもなかった。

浅ましくもシリウスを欲のままに求める、ただの女だ。

彼はそれを許し、そうなることを望んでくれていた。

ローレンという人間だけを求められることが、こんなにも嬉しいとは。もうこの悦びからは逃れることはできなくなりそうだった。

シリウスの罪を吸い、欲深くなればなるほどに、自分はもう聖女とは違うものだと思うようになる。

自分は人間だと自覚するたびに解放される。聖女というものから解き放たれ、塡められた枷(かせ)を一個一個外していくのだ。

そして、薄っすらと笑う。

こんな穢れた聖女がいるものかと。

皆から作られた偶像はもうローレンの中にはない。「聖女」を壊すことで、ようやく自分というものを保てるようになった。

シリウスとの行為は、ローレンの救いだった。

聖女ではない自分を作るための儀式。自分がとことんまで人間であると認識し、そして安堵を得るための大切なものになっていった。

そのおかげか、クローゼットから完全に抜け出し、ベッドの上で眠れるようになった。

久しぶりに安眠できた気がする。

そのときもシリウスは側にいてくれて、ローレンを見守ってくれていた。

それからの回復は早かった。

それもこれも、シリウスがいてくれたからだろう。側にいて、淫蕩(いんとう)な行為でローレンを人間たらしめてくれるからだ。

久しぶりに真っ白なドレスに袖を通しても、マリアヴェールをつけても、息苦しさを覚えることなく不安を感じることもなく、完璧な聖女を「演じる」ことができるようになった。

たおやかな笑みを浮かべ、慈愛の目と慈悲の言葉をもってして人々を救う聖女を。

——本当は罪を犯したただの人間であるのに。

それを知っているのはこの世でローレンと、シリウスだけ。

共犯者で秘密の共有者。

もうただの護衛ではなくなってしまっていた。

「ご心配をおかけしました、お父様。この通り、回復致しましたので明日より慈善活動に戻りたいと思います」

慈善活動は、ローレンがやりたいことだからやる。聖女だからではない。そのために聖女らしい振る舞いが求められるならそうしよう。はっきりと定まった心は、ローレンをかつてなく堂々と見せた。

父は、久しぶりに現れたローレンを見て一瞬顔を顰めたが、しっかりとした口調で話す様子に安心したのかすぐに顔を崩した。

「おぉ、ローレン」

大仰に両手を広げて抱き締めてきた父は、随分と優しい声で労わりの言葉をかけてくれる。背中を擦り、「心配していたのだぞ」と。

安堵したのだろう。「聖女」のローレンが戻ってきて。

クローゼットに閉じ篭もって怯えて震える軟弱な娘ではなく、人前に出せる聖女が再び現れたことに。

エズラも同様に満足そうに頷いていた。

「お命を狙う輩に護衛のひとりが殺されて、ローレン様はそのことに酷く心を痛めて臥せっていたということにしております。皆が同情してくださることでしょう」

抜け目のないエズラは、ちゃんと理由を用意していた。

怯えてクローゼットに篭もっていたより、悲しみで臥せっていたとした方が聞こえがいい。いかにも聖女らしい優しい心の持ち主がしそうなことだ。

「間違っても変なことは口走らないようにしてくださいよ」

父の前で念を押されて、父も分かっているなと暗に睨みを利かせてくる。

「もちろんです」

ローレンは美しい笑みを浮かべて、ふたりに向かって頭を下げた。

「聖女様！　お待ちしておりました」

慈善活動に出ると、ようやく顔を見せたローレンを、いろんな人が歓迎してくれた。

いつも以上に大きな歓声が沸き起こり、恭しく拝む人や中には涙ぐむ人までいる。

皆が聖女の登場に喜んでいた。

ローレン不在の間は、周囲の人間で回せるところは回していたらしい。思ったより困っていた様子もなく、ホッと胸を撫で下ろす。

驚いたことに、ローレンが活動できないと聞いて自ら寄付をしにきてくれた貴族の令嬢がいたのだとか。

聖女様には及ばないけれどもと慎ましい言葉を口にしながらも手伝ってくれたというその令嬢は、以前からローレンに憧れていたのだと話していたという。

いつかは自分も人々のためにできる何かを見つけたい。

今はこうやって理由をつけてやってくるのが精いっぱいで、できることは少ない。でも、垣根を越えてすべきことをやっていきたいのだと。

直接ローレンに伝えたらどうかと言うと、令嬢はそれは立場上できないと言っていたらしい。

もしかすると、マッキンジム派の家のご令嬢だろうか。

家のしがらみに囚われて本当にやりたいこともできずに燻っている。案外そういう令嬢は多いのかもしれない。

ただ行動に移せないだけ。誰かがやってくれるからと他人任せになっているだけ。

皆が行動に移せば、聖女なんて存在はきっといらなくなる。

シンボルなど、救済には本来なら必要のないものなのだから。

「今度そのご令嬢が現れたら、私に教えていただけますか？　お話ししてみたいのです」

マッキンジム派であろうとも構わない。

名乗らずに去っていったその人と、そしてどこかにいるであろう同志と話ができたなら、また違う新たな第一歩を踏み出せるのではないだろうか。

「もちろん、あまり近づきすぎない程度に、ですけれど」

隣でちらりとこちらを見下ろすシリウスに気づいて、ローレンは分かっていますとばかりに付け足した。

まだ警戒を緩めていい時期ではない。むしろライオネルがいなくなった分、警護は手薄になっている。

エズラは代わりの護衛をつけようとしたが、それをローレンが断った。これ以上はいらないし、もう他の人を信用できるとは思えないと言って。

彼はその言葉を「使えない護衛はいらない」と言っているのだと勘違いしているようだったが、実際のところは違う。いつ裏切るか分からない護衛はいらないというのが本音だ。

エズラは真相を知らないのだからそう受け取っても仕方がないのだが。

けれども、金に靡き、あまつさえローレンの遺体すらも金に換えようとしていた護衛が側にいたということだけでもゾッとする。

また、側に来る人がそういう下衆な考えを持った人かもしれないと疑うことにも疲れてしまいそうだ。

シリウスだけでいい。彼だけにしか側にいてほしくなかった。

「ですが、さすがに護衛ひとりとなると心許ないでしょう。お父様も許しませんよ」

「屋敷の警備の人を増やしたらどうかしら？　それに、私自身が身を守ればいいことでしょう？」

　これでね、とチェストの抽斗に仕舞っていた短剣を取り出してエズラに見せつけた。

「なっ！　あ、貴女自らがそれを持つと言うのですか！」

　青筋を立てて叫ぶ彼は、とんでもないとローレンからそれを奪おうとする。ところが、間にスッとシリウスが入ってきて遮ってくれた。

「お前ですか！　ローレン様にあんな物騒なものを渡したのは！」

　怒りの矛先が今度はシリウスに向かい、がなり立てる。シリウスはそんな彼を見下ろしながら、それがどうしたとばかりに答えた。

「命を守るのに手段は選んでいられないでしょう。それとも、ローレン様のお命より優先すべきことが？」

「で、ですが、聖女としてのイメージが……」

「イメージを優先させて、ローレン様を喪ってもいい。エズラ様はそうおっしゃりたいのですね？」

「そういうわけでは……」

　本音はイメージを優先させたいと言いたいのだろうが、実際にライオネルが死んでしまったことで強くは言えなくなったのだろう。

多少なりとも、彼の死はエズラにも影響を与えているらしい。以前のように金を払っているのだから何とかしろと無茶を言ったりはしなかった。

「敵は殺すためなら手段を選ばない。ならば我々も同様に手段を選んではいられないでしょう。みすみす殺されるよりはマシだ」

シリウスに冷ややかな言葉とともに鋭い視線を投げつけられたエズラは、何か反論しようと口を開いたようだが、結局は悔しそうな顔をして口籠もる。

ローレンが新たに護衛を増やすことを拒否している以上、何か別の対策を取らなければならない。以前ならば無理やりにでもローレンから短剣を奪っていただろうが、シリウスが邪魔をする。

「……分かりました。では、ローレン様が武器を携帯していることを他の人間には知られないようにしてください。何より、ローレン様が武器を取り出すようなことが起こらないように、シリウス、お前がしっかりと守るのですよ！」

エズラは、とりあえず妥協することにしたようだ。父を含め周りにバレなければいいだろうと考えて。

「ありがとう、エズラ。理解してくれて嬉しいわ」

ローレンがお礼を言うと、エズラは神妙な顔をしてきた。

「クローゼットから出てきて元通りになったと思いましたが、ローレン様、少し変わりましたね。以前の貴女ならこんな無茶は言わなかったはず」

自分というものがなかった空っぽなローレン。

言われるがまま、他人の顔色を窺って聖女でいようとしていた自分はもういない。

「気づいたの。私は何をしたかったのか。私が欲しかったもの。それは聖女の自分を愛してくれる父ではなくて……」

ローレン自身を見てくれる人。ただそれだけだったのだ。

もうないものを求めるのは虚しい。求めても返ってくるものは苦痛なのだと気づいたとき、縋ろうとするその手を下ろした。

代わりに手を伸ばしたのは……。

隣に並ぶシリウスを見上げる。

彼はすぐにその視線に気がついて、目を細める。そして、薄く口を開けると親指で自分の唇をスッと撫でてみせた。

まるで何かを示唆するような仕草に、ローレンは渇きを覚える。

喉を潤すように唾液を飲むと、ローレンは胎の中に燻るものをどうにか抑え込んでエズラを振り返る。

「そろそろ部屋に戻って休んでもいいかしら」

部屋の扉が閉まる寸前までは澄ました顔でいられた。

だが、シリウスが鍵をかけた瞬間、取り繕う仮面はあっけなく剝がれてしまう。

「……シリウスさ……ンんっ……んぁ……ぁ」

求めるように彼の名前を呼べば、口づけが襲ってきた。耳の後ろに手を挿し入れられて、逃げられないように摑まれて。

逃げる気にもならない。いや、逃げたくもなかった。

どれほどこのときを心待ちにしていたか。どれほどシリウスの唇を待ち望んでいたか。

外に出るようになって、口づけは変わらず続けているが、ベッドの上での密事はなくなった。シリウスがもう恐怖は消えたでしょう？　と言って。

たしかに消えた。もう外に出るのは怖くない。

けれども、シリウスに触れてもらえないことが苦しい。身体が疼いて、心が啼いて彼を求めてしまっている。

だが、ふたりの関係に関していまだ建前が必要であったローレンは、シリウスが必要ないというのであればそれに反対することはできなかった。

シリウスは、本当にローレンの恐怖を薄めるためだけにあんなことをしたのかもしれない。それなのに勘違いをしてひとりで舞い上がってはいけないのだ。

あの関係は、ふたりきりで部屋に篭もっていたあのときだけのもの。

もうけじめをつけて前に進まなければならない。

だからこそだろう。シリウスとの口づけを酷く焦がれるようになったのは。

以前は扉の鍵をかける音は、ライオネルとのできごとを思い出させた。彼が襲うときに鍵をかけていたのを覚えていたからだ。

けれども、今になっては、鍵をかける音は合図になっていた。シリウスと口づけをする合図。二人きりになり、秘密の共有が始まる音。

ローレンにとっては、救いのときだった。

「ローレン様……舌を出してください」

「……ん」

おずおずと舌を少しだけ差し出すと、シリウスは容赦なく「もっとです」と言ってくる。

その言葉にゾクリと腰を疼かせたローレンは、涙で瞳を潤ませて彼を見上げた。縋るように彼を見つめたまま、口をさらに開き舌を出す。

羞恥で身体が震えていた。

けれども、ローレンの中に快楽に似たものが走り、愉悦に震えてもいたのだ。

シリウスに辱められれば辱められるほど、抵抗感を持ちながらも一方で興奮を覚える。

「ありがとうございます、ローレン様」

そしてご褒美とばかりにさらに深い口づけをされて、身体の芯まで蕩けてしまっていた。

シリウスに与えられる瞬間が堪らない。

罪を吸い取る名目でこんなことをしているはずなのに、回数を重ねるごとに目的を忘れていく。

シリウスの唇に溺れ、口づけに酔いしれ、彼に辱めを与えられることにも強引に奪われることにも悦びを感じていた。

淫らな気持ちになって、理性も薄まっていた。

くちゅくちゅと唾液が混じる音が部屋中に響き、熱い吐息やローレンの喘ぎ声も漏れ出る。上顎を舌先で舐られ、舌の上をなぞられ、舌を吸われ。そのたびにはしたない声が止まらなくなる。

顔もとろんと蕩けて、まるで発情したような顔をしているだろう。

またこの身体をその手で、その口でまさぐってほしいだなんて。

「今の貴女を見たら、誰も聖女だなんて思わないでしょうね。随分とふしだらな顔をしている」

耳元でそう囁かれ、もう腰が砕けてしまいそうになった。

シリウスと口づけを交わしている時間は、自分が人間であると一等実感できる。聖女などではなく、浅ましくも口づけを強請（ねだ）り辱められて悦ぶただの女なのだと。

聖女であれば絶対にできないことをするという背徳感とスリル、皆がローレンに押しつけている理想を壊すという快感。それらに病みつきになってしまいそう。

何よりローレンを虜にしているのが、シリウスがこの唇を貪っているという事実だ。

一見優しいのにどこか冷めていて冷酷で、身体のどこにも熱など持っていないと思われた彼が、ローレンに口づけて目元を赤らめている。

夢中になって舌を絡ませ、熱を孕んだ瞳で見つめてくるのが嬉しくて、胸がときめいて。

——幸せだった。

どこまでも深く、いつまでも長く。飽くなき欲のままにシリウスと繋がっていたい。誰に邪魔されることなく、ふたりきりでこの部屋に篭もって。欲に溺れて、罪を分かち合い、本性を剝き出しにして己のすべてを曝け出す。

そんな時間が続けばいいのに。

願えば願うほどに欲は深くなり、それは叶わないのだと思い知らされる。

ふたりきりの世界など、脆くてあっけなく壊れてしまうものなのだと。


「ローレン様、今日はこちらのドレスを」

そう言って使用人が見せてきたのは、トルソーに着せられた濃紺のドレス。

まるで夜空に星を散りばめたかのように胸元から腹部にかけてビジューが光り、美しく彩っている。オフショルダーでデコルテが露わになっているそれは、背中が腰元まで大きく開いていて、以前父が用意したドレスよりも露出が多い。腰の部分もキュッと締まっていて、スカートはボリュームがある。まるでお尻を強調しているかのよう。

なるほど、これがルドルフが言っていた「好みのドレス」というものかと、ローレンは眉根を寄せた。これからは彼の好みに合わせて身体の線が出る、露出の多いドレスを着ることになるのだろう。

併せて贈られてきたのは大ぶりのサファイアが塡め込まれた首飾り。青い瞳のルドルフと同じ色の装飾品は、まるで彼のものだと誇示するかのようだ。

耳飾りも同様にサファイアが光るものだった。

使用人たちに着せ替えられながら、鏡で自分の姿を見てぼんやりと考える。

こんな姿をした自分は聖女なのか、ローレンなのかと。

おそらくルドルフが求めているのは聖女だろう。その人気を利用したいがための結婚のはずだ。それなのに、こんな娼婦のような格好をさせるなんて。

以前のエメラルドグリーンのドレスもそうだが、今回のドレスも似合わない。こんな派手で人目を引くようなドレス、今すぐ脱ぎ捨てたくて仕方がなかった。

銀色の長い髪の毛は結い上げられ、ますます自分が自分ではなくなったように思える。

（……シリウスさんに会いたい）

着替えの最中、廊下で待ってくれているであろうあの人に会いたくて堪らない。

彼に「ローレン様」と呼ばれるだけで、自分を取り戻せるような気がして気が急いた。

長くかかった準備がようやく終わって、ローレンは使用人たちに礼を言って部屋から下がらせる。代わりに部屋の中に入ってきたシリウスは、ローレンの姿をじっくりと眺めてきた。

だが、何の言葉もなく、ただ見つめるだけ。

ローレンは自分の姿を改めて鏡で確認して、ふぅ……と深い溜息を吐いた。

「……似合わないですよね」

それなのにこんなものを着せられて恥ずかしい。苦笑いをシリウスに向けると、彼はこちらにやってきて目の前に佇む。

　ローレンの灰色の瞳を覗き込む彼の漆黒の瞳は、何かを探るようでもあり、また何かを訴えかけるようでもあった。

「お美しいですよ。貴女はどんな格好をしていても、本当に美しい」

　美しいと褒めてくれているが、けれどもその言葉には誤魔化しが見えた。

　似合わないでしょう？　と聞いて返ってきたのは「美しい」という答えになっていない答え。

　彼なりの誤魔化し方なのかもしれない。言葉にしたくないが嘘も吐きたくない。そんな見えない心を言葉から感じ取れた気がする。

　やはり彼も似合わないと思ってくれているのだ。

　それが知れただけでも嬉しかった。

　自然と口元が緩む。微笑むローレンをシリウスはじぃっと見つめ、おもむろに首筋を撫でてくる。

　ソワリと腰に疼きが走る。口づけをされたときのような甘美な疼きがローレンを苛み、不埒な気持ちが肌の下を這いずるように駆け巡った。

　それがいつしか全身に。シリウスの手が動くたびに、声が漏れ出そうになる。

「随分ともの欲しそうな顔をしていますね」

　目を細めながらローレンが紅潮していく様を見ていたくせに、素知らぬふりをしてシリウスはこちらの羞恥心を嬲ってきた。

色気を醸し出して、さぁこの口を吸ってくれとローレンを誘う。

これからルドルフに会うというのに、その前にシリウスの味を叩き込まれたらどんな顔をして城に行ったらいいか分からなくなる。

口づけで本性を剝き出しにされたあとは、また聖女の仮面を被るのに時間がかかるというのに。仮面など被りたくないと渋る心が、いつも拒んで苦労するというのに。

それなのに、シリウスはいたずらに誘ってくるのだ。

「欲しいのですか？　王太子殿下にお会いするというのに」

「……違い、ます」

否定の声は情けなくも掠れていた。弱々しくて、まったく説得力に欠ける言葉に、シリウスはクスリと笑い、ローレンの耳元に口を寄せる。

「すみません。本当は俺が我慢できそうにありません。――貴女から俺の口を吸っていただいても？」

そんな言い方ずるい。ローレンは肩を竦めて彼から距離を取ろうとした。ところが腰に手を回されて捕らえられてしまう。

シリウスの顔が近づいてきて、催促するようにこちらを覗き込んできた。

「……今、そんなことをしてしまったら」

「今だからこそしてほしいのです」

「でも……」

チュッ……と彼はローレンの唇を啄む。一瞬食まれただけで終わった口づけは、すぐに物足りなさをローレンにもたらす。

こんな生殺しのようなことをされてしまったら、我慢できるはずがない。

気づけば、唇に引いてもらった紅がシリウスの口元に移ってしまうほどの激しい口づけをしていた。

「どんな格好をしていても、ローレン様はローレン様ですね」

いつもより激しくまさぐられた口内も舌も、そして唇もジンジンと痺れてしまっている。

仄暗い笑みを浮かべるシリウスを涙目で見上げ、ローレンは必死に息を整えようとしていた。

彼に与えられた熱がなかなか引かない。それどころか徐々に広がっていって、収拾がつかなくなりそうな勢いだ。

「大丈夫ですよ。俺が聖女の仮面を何度でも剝がしてあげますから。何度でも……何度でも……俺がこうやって教えてあげますから。貴女がどういう人間かを」

さぁ、そろそろ行きましょうか。

シリウスは何ごともなかったかのような顔で、ローレンの腰に手を添えて言ってくる。

憎らしいほどに、狂おしいほどに、シリウスという男を刻み込まれた。彼の口づけひとつで何もかもが分からなくなってしまいそうになるほど理性が溶かされる。

溺れて、いっそこのまま窒息してしまえたら。

そんなことを思いながら、父が待つ馬車へと足を運んだ。

「王太子殿下は随分といい趣味をお持ちのようだ。聖女と言われているお前にここまで艶やかな格好をさせるとはな。やはり、好色らしいな」

ルドルフから贈られてきたドレスを身に纏ったローレンを見た父は、鼻で笑いながらもどこか満足そうだった。彼の好みに文句をつけるつもりはないらしい。

それどころか前から分かっていたかのような口ぶりだ。

貴族の男性は、たまに女性もだが、愛人を持つことが往々にしてある。現国王にも幾人も愛人がいるのは有名な話だ。

ルドルフとの間に永遠の愛が生まれると思ってはいないが、それでも多少なりとも情は生まれるのではないかと思っていた。

夫婦は支え合うものなのだから、ただの政治的な意味合いだけではなくなるのだろうと。

どうやら思い違いだったようだ。

薄っぺらで、表向きだけの関係を続けることに何の意味があるのだろう。

結婚してしまえば、シリウスとはもう二度と会えなくなる。

シリウスの手を放してまでルドルフと結婚しなければならないのに、待っているのは今以上の聖女への期待とローレンへの無関心。考えるだけで虚しさに押し潰されそうだった。

いつの間にか世界は精彩を欠いていて、息がしづらい。こんなにも生きづらかったのかと気づいたら、何もかもが息苦しく思えた。

もう今までどうやって息をしていたのかも分からない。

身体の中にいまだに残っているシリウスの熱を探るように目を閉じる。それだけが、ローレンに息を吹き込んでくれていた。

ルドルフに招かれての食事会は、これでいったい何回目になるのか。

ローレンが塞ぎ込んでいる間、彼から見舞いの品が届けられていたらしく、今日は快癒の報告と見舞いの礼を兼ねたものになっていた。

だが、食事の席には国王と王妃もいて、いよいよローレンとルドルフの婚約の話になだれ込む。双方異論はなく、実に恙なく進んだ話し合いだったと言えよう。

ローレンが王家に入ったら、どのような慈善活動をするのがいいかなどにまで話が及んだ。所詮、ローレン自身が聖女ではないと思ったところで、ますます聖女らしく振る舞うことを強要される未来しかない。

「これからもどうぞよろしく、婚約者殿」

ルドルフに差し出された手を眺め、考える。

この手を取るしか道はないというのに、それでも迷ってしまうだなんて、本当に愚かなものだ。

何に、――誰に、期待をしているのか。

自嘲を抑えて、ローレンはルドルフの手を取る。恭しく手の甲にキスをされて、背中が嫌悪感で粟立つのを感じていた。

父も王も、そしてルドルフも終始上機嫌だった。ローレンは彼らに合わせて微笑むだけで精一杯で、何を話していたのか分からない。

見舞いの礼を言って、もう元気だと伝えて……あとは何を話しただろう。

ただ、この時間が早く終わってほしい。そう願っていただけなのかもしれない。

食事を終えて部屋を出ると、廊下で待っていたシリウスと目が合った。

「あ……」と思わず声を上げそうになり、目を逸らす。

いずれは知られてしまうと分かっていても、彼にルドルフとの婚約が成立したことを自分の口から言いたくはなかった。

後ろめたいし、彼の顔を見ることも辛い。シリウスを裏切ってしまったような気がして仕方がないのだ。

ふたりの間に愛の言葉があるわけでもない。約束があるわけでもない。

それなのに、ローレンの胸の中に罪悪感が広がる。

本当は、何よりも怖いのは、彼に婚約のことを話したときに、平然とした顔で「おめでとうございます」と祝われてしまうことだ。もう自分はいりませんねと、ローレンのもとを去ってしまう。そんなシリウスの姿を想像したくもない。

彼の中に、割り切りのようなものがあったら。ローレンに抱いている情が、致し方ないと突き放してしまえるようなものであったのなら……どうしたらいいのだろう。

「おぉ！　これはこれは、マッキンジジム侯爵の御子息ではないですか！　レイフ殿、お久しぶりですなぁ」

父が、意気揚々と通りがかりの人に声をかける。その人は父の声に気づいてこちらを振り返ると、柔和な笑みを浮かべた。

「エインズワース伯爵。お久しぶりですね」

人当たりのよさそうな顔で挨拶をするレイフは、わざわざ足を止めて父が近寄ってくるのを待っていた。

レイフ・マッキンジジム。父と敵対するマッキンジジム侯爵家の嫡男だ。

ローレンは数えるほどしか会ったことがないが、彼はいつも穏やかな笑みを顔に貼りつけている、シリウスとはまた違ったタイプの腹の底が読めない人だった。

自分の父親の敵である人間に対し、好意的な態度を見せるのはやはり建前で生きる世界の人間だからだろうか。

父もいつもだったら声をかけたりはせずに見ないふりをしただろう。

だが、今日はマッキンジジムより優位な立場になったことを誇示したいがためにわざわざ遠くから声をかけたに違いない。父の顔は少々興奮気味になっている。

「先ほど、陛下と王太子殿下と食事をしてね。うちのローレンとの婚約が正式に決まったのです。いやぁ、まったく喜ばしい」

「それは素晴らしい。エインズワース伯爵、ローレン様。ご婚約おめでとうございます」

父の自慢にも顔色ひとつ変えずに言祝ぎを贈ってきたレイフに、気まずい思いをしながらローレンは礼を返す。

こういう腹の探り合いのような会話はとんと苦手で、聞いているだけで胸が騒めく。

だが、今何よりもローレンの心を騒めかせているのは、こんなにも早くシリウスに婚約の話を知られてしまったということ。俯き唇を噛み締めた。

「マッキンジム侯爵には散々煮え湯を飲まされてきましたからなぁ。ローレンを恐れて亡き者にしようとしていたようですが、それも失敗して御父上はさぞかし悔しい思いをしていらっしゃることでしょう」

「いったい何の話やら。父もきっとおふたりの婚約を聞いたら喜ぶでしょう」

「それではお祝いの言葉を待っておりますよ」

去っていくレイフの後ろ姿を見ながら、父は勝ち誇った顔をしていた。

「見たか、あの悔しそうな顔を。マッキンジムの倅め、いたたまれなくなったのか早々に逃げおったぞ」

父にはそう見えたのだろう。ローレンには彼はまったく動じていないように見えた。

あの人も自分の親の諍いに巻き込まれているのか、それとも率先して渦中にいるのか。跡取りなので後者なのだろうが、男と女というだけでこんなにも違う。

少し羨ましくなる。

自分の意志でルドルフと結婚すると決めることができていたのなら、こんなにも心が締めつけられるような痛みを覚えなかったのだろうか。あるいは、ルドルフが聖女であることを求めなければ。

これほど逃げ出したいと思うこともなく、穏やかにいられたのか。

だって、ローレンは知ってしまった。

盲目なまでに父を信じるという不毛さも、愚かさも。聖女として生きる理不尽さも、流されるがままに生きる虚しさも。

シリウスが教えてくれた。彼が気づかせてくれたのだ。

そして、自分で道を選択するという歓び。貴女は貴女のままでいいと言ってくれる人がいる幸せも。

ありのままの自分でいられるということがいかに大切か、いかに人生に彩りと歓びを与えてくれるか。シリウスがいなければ気づけなかった。

——もうあの人がいなければ息もできない。

失うであろうその日を恐れて、ときおり息ができなくなる。

いつまでも側にいてほしくて、名前を呼んでほしくて。口づけをして、熱を与えてほしくて、もっともっと触れてほしくて。

浅ましい欲は歯止めが利かない。

これが恋だというのであれば、酷く身勝手で痛々しい。

でも、人間臭く泥に塗れて足掻いている感じが、生きていることを実感させる。

シリウスへの愛が、ローレンを生者にしていく。

「――ご婚約が決まったのですね」

部屋に帰り、鍵がかかる音が聞こえたと同時にシリウスの静かな声がローレンを追い詰める。

いまだに目を合わせられずに俯いていると、彼は両手でローレンの顔を包んで強引に上を向かせた。

「俺の熱を散々覚えさせられたまま、他の男にその身体を開くのですか?」

声は穏やかながらも、彼はローレンを責めていた。

そんなこと、できるはずがないでしょう? とこちらの心を見透かしたような言葉にも聞こえる。

できない。

できるはずがない。

シリウス以外の人に触れられるなんて、考えただけでも怖気が立つ。ルドルフに手の甲にキスをされたとき、酷く気持ちが悪かった。

「……シリウスさん」

何かを言おうと開きかけた口は、シリウスによって塞がれた。

――あぁ、また溺れてしまう。

第四章

「もし、歩まなければならない道と、歩みたい道があったとしたら、どう折り合いをつけたらいいのでしょう。歩みたい道はどうあっても茨の道であるのに、どうしても魅力的に見えてしまう。それは私が欲深くなってしまっているからでしょうか」

「人間は欲深いものですよ、ローレン様」

シスターはローレンを宥めるように手を握ってくれた。そんなに自分を責めなくてもいいと言ってくれる。

彼女の優しさに、ローレンは眉尻を下げて懺悔(ざんげ)した。

「シスター、私は皆の望みこそが私の望みだと、また、そうありたいと思っておりました。でも、最近自分が欲深い人間だと気づいたのです。酷く身勝手な人間で、決して聖女と呼ばれるものではないのだと」

自分さえ我慢すれば、自分さえ頑張れば、自分が聖女でありさえすれば。そう思うことでローレンの中の空虚を埋めていけるような気がした。

だが、結局いつも穴は埋まらずに心に隙間風が吹いていた。満たされない、何かが違うと思っていたのだろう。

　本当は、聖女ではなくローレンを求めてほしいと望んでいたのに。

「聖女でいることに疲れてしまいましたか？」

　シスターは、ローレンの気持ちを汲み取ってくれたのだろう。優しい言葉で代弁してくれた。

　それに甘えて素直に頷く。

「私が休んでいる間、他の方が慈善活動をしてくれていました。そのとき、聖女など本当は必要ないのでは、と思ったのです。なのに私はまだ聖女でいることを求められている。それに定められた結婚もしなくてはならない。……ときおり、すべてを投げ出して逃げてしまいたくなるときがあります。……本当に申し訳ございません」

「謝る必要がどこにあるのですか？　ローレン様の人生ですもの、好きに生きていいのですよ？　好きに生きて幸せを摑む権利は、誰にだって与えられているのですから」

　好きに生きる権利。それを行使するにはあまりにも捨てるものが多すぎる。果たして、ローレンにその勇気があるのか。見えないものは、途方もなく多い。シスターに握り締められた手を見つめた。

　それに、今のローレンに幸せになる権利はあるのだろうか。

　シリウスとの口づけに溺れて忘れそうになってしまうが、この手は血に濡れている。もう引き篭もるほどではないが、今でも脳裏に甦るライオネルの苦悶の表情。

「……シスター……実は私、先日人を刺してしまいました。殺されかけて、自分を守るために」

この罪を贖わないうちに逃げてしまってもいいのだろうか。ローレンは懺悔をしながらもその答えを求めた。

「私も懺悔を致しましょう」

シスターは微笑みながら言う。

「ここに来る前、私は不貞を繰り返す夫を包丁で刺して逃げてきました。夫の安否は分かりません。ですが、ここでシスターとして身を潜め身寄りのない子どもたちのために働いているうちにそれが生きがいになり、私のすべてになったのです」

語られていく彼女の過去の過ち。ローレンは息を呑み、驚愕の面持ちでそれに耳を傾ける。

まさかこんな立派な人に罪深い過去があったなんて。

「私を追ってやってくる人はいまだに現れていない。それは神のご意志だと思っております。子どもたちを育てることで、別の形で贖うことを認めてくださっているのだと」

「それはジアジャル教で説かれている教えのひとつですか？」

「いいえ、私が勝手にそう解釈しているだけです」

今まで、彼女はローレンを導いてくれていた。ジアジャル教の教えに従って。

だが、自分自身のことは独自の解釈で考えていたのだ。

その二面性に目を見開き、顔が強張っていく。

「ローレン様、人間というものは都合のいい生き物です。私はジアジャル教の教えを説きながらも、ジアジャル教に従って生きてはいない。シスターでいながらも、根っからの信者ではない。偽ることは簡単なのです」

ローレンが聖女の仮面を被っていたように、シスターもまたシスターの仮面を被っていた。演じて欺いていたのは、ローレンだけではなかったのだ。

「偽ることが苦しくなったりはしませんか？」

「もう慣れました。慣れるくらいに、私は元来綺麗な人間ではなかったのです。でも、子どもたちの役には立っている。そしてこうやって幸せに暮らしている」

正しいから幸せになれるわけではない。

正しくないから、不幸せになるわけでもない。

「要は心の持ちようなのです。何を掴み取れば幸せになれるのか。それが人から見れば間違った道であろうとも、自分が正しいと信じればいいだけのこと。ローレン様が逃げても、それが正しい方へ向かっていると思うのであれば、誰に止められるでしょうか」

止めることこそ、傲慢というものではないか。シスターは言う。

「逃げるのもまたローレン様が選べる道。そして逃げた先で贖罪を見つければいいのです。何を贖罪とするかは貴女次第」

まぁ、聞く限り、正当防衛のようですから、そこまで思い詰める必要はないと思いますけれども。シスターはにこりと笑って、ローレンの悩みを一蹴する。

目の前にいる彼女は、今までローレンが見てきたシスターとはまったく違った顔をしていた。

だが、それに酷く安堵している自分がいる。

「シスター、ありがとうございます。今まで、隠していたことを話してくださって」

きっと、おいそれとは口にしてこなかった秘密なのだろう。

けれども、彼女は敢えてローレンに話した。それは、思い悩むローレンに一縷でもいいから光を見せたかったがためなのかもしれない。

「いいえ、私も久しぶりに懺悔をさせていただけてとてもすっきりしました。本心を口にするというのは、とても気持ちのいいものですね、ローレン様」

目元に皺を作りながら笑うシスターは、幸せそうに見えた。皺の数だけ苦労もあっただろうに、笑い皺が深く刻まれるほどに笑いの多い人生だったのだろう。

自分はどうなのだろう。最近ことに己を振り返る。

笑うことなど、忘れてしまっている。楽しいと思える時間は少なくて、笑い皺など作れそうにもない。

逃げてもいいとシスターは言ってくれた。

誰かにそう言ってもらえるだけでもありがたいことだ。自分の迷いに対して背中を押してもらえること、肯定してもらえること。味方をしてもらえたようで嬉しい。

だが、現実はそういかない。それが分かっているから、ひとりでも自分の背中を押してくれる人を見つけては、ただただ許されるような気になっている。

シリウスと一緒にいたい。彼だけに触れられたい。

そう願う気持ちが大きすぎて、きっと理性的には考えられないのだろう。

『愛や恋などというのは、くだらないものですよ。そんなものに惑わされないでください』

いつだったか、エズラが話していた。貴女には必要ないものだと。

下手に恋をしたら、結局泣くはめになるのはローレンだ。最後には父が決めた結婚相手としか結ばれないのだから、そんなものは無意味だと。

今なら彼の言っていたことが分かる。愛はローレンを容易く惑わせた。

本当に、しなければよかったと後悔することもあった。

けれども、それ以上に幸せが上回る。悦びが満ち溢れ、今まで感じたことがないほどに満ち足りた気持ちになれるのだ。

溺れて虜になり、彼しかいないと心が訴えかける。

離れてしまえば心が千切れる。千切れた心は血を流し、傷口は再生することなくそのまま朽ちてしまうだろう。それは何よりも切実な訴え。

皆の期待を裏切ってたったひとりの男の手を取る。

それは、ライオネルを刺すことよりも大罪のように思えた。

「ペンが進まないようですが、何か気になることでも？」

シリウスの声にハッとして顔を上げる。部屋の扉付近に佇んでいる彼は、机に向かいながら手を止めたまま動かなくなったローレンを窺っていた。

「……あ……いえ、その、何と切り出して書いたらいいか分からなくて」

シリウスのことを考えていたとは言えなくて、誤魔化すように再度手紙に目を落とす。内容に悩んでいたのも本当のことだった。

「実は、この手紙は宛先不明なの。名前も知らない人に宛てる手紙をどう書いたらいいのかと悩んでしまっていて……」

「と、申しますと？　何故名前も分からない人に手紙を？」

怪訝そうな顔で聞いてくる彼に、ついつい苦笑してしまう。

「私が慈善活動を休んでいたとき、手伝ってくれた令嬢の話を聞いたでしょう？　どうにかしてその人にもう一度会えないかと思って」

どこの誰かも分からない。ローレンが社交界に顔を出していれば、特徴を聞いただけで当たりをつけることができただろうが、残念ながらそれは難しかった。

万が一再び足を運んでくれたときのために、手紙を残したい。職員に託して、来たら渡してもらえるように。

「事情があって忍んでやってくるしかない状況なのかもしれないのだけれど、いつでも歓迎していると伝えたいの。もし、一緒に活動をしてくれるのであれば、私も何か手助けをしたいし。足を運んできてくれた勇気を潰したくなくて」

ローレン自身がその令嬢に勇気づけられたのも大きい。この志は自分だけのものではないと気づけたことは嬉しいできごとだった。

皆、国王の方針に背いていると思われるのを怖がって、表立った活動はしようとしない。だけど本当はローレンと同じ気持ちの人はいるのかも。

そう思うと、どうしても訴えかけたかった。

貴女の気持ちを大切にしたいのだと。

「──クレッセン伯爵家の次女・ヴァネッサ様です」

すぐ近くから声が聞こえてきて、ローレンは後ろを振り返る。すると、シリウスがいつの間にか真後ろにまでやってきていて、こちらを見下ろしていた。

不意に彼の瞳と視線がかち合う。ここ最近、シリウスの目を見ないようにしていたローレンにとっては、それは予期せぬできごとで思わず狼狽する。

「令嬢の特徴。それとマッキンジム派の家の人間ではないかというローレン様のお言葉。それらから割り出しました」

「いつの間に……」

「ローレン様が随分と気にされている様子でしたので」

彼は使うかどうかも分からない情報を、ローレンのためだけに集めてくれたのだろう。

頼んでもいないのに自主的に。

そういう優しさを見せられると、嫌でも胸がときめいてしまう。嬉しいと心が舞い上がり、愛おしさが募ってしまうのだ。

これ以上は深みに填まらないよう自制したいのに。それなのに、シリウスが無自覚にローレンの恋心を煽(あお)ってくる。

「……ありがとう、ございます、シリウスさん」

だが、自分でも止められないくらいに恋心が加速しているのが分かる。

砕けた口調。気を許してしまっている証拠だ。気がついたときに直すようにしているが、意識をしていないとつい気が緩んでしまう。

「いいえ、貴女のためなら、こんなことといくらでも」

そんなこと、簡単に言わないでほしい。彼が安易にそういうことを口にしないと知っているから、本音で言ってくれているのだと分かってしまって苦しいのだ。

キュッと唇を噛み締めて、こみ上げるものを必死に呑み下す。

その様子をつぶさに見ていたシリウスは、噛み締めた唇に親指を当ててそっと解放させた。歯が食い込んでいたローレンの下唇を労わるように撫で、口元にフッと笑みを乗せる。

「貴女は何かを我慢するときに、いつも唇を噛み締めますね」

癖を指摘されて恥ずかしかった。何を隠そうとしても、シリウスは容赦なくすべてを暴こうとするのだ。

こちらが気づかれたくないと思っていても、許さないとばかりに。

「今は何を我慢しているのです？」

顎に指をかけて、上を向かせられる。

シリウスの美しい顔が近づいてきて、この先に待っているものを知っているローレンは目を細めて構えた。

このまま流されてはいけない。

唇が触れる直前でなけなしの理性を掻き集め、顔を逸らした。

口づけを拒んだのは初めてだ。こんなことをした自分にドキドキしているし、シリウスも眉尻をピクリと跳ね上げてこちらを凝視している。

もう罪を吸い取るという名目から外れてしまっているのは、ローレンも分かっていた。ルドルフと婚約したのだから、他の男性と淫らな真似はできないという貞操観念が働いているのだろう。たとえ心の底では嫌だと思っている婚約でも、不義を働くことを許してはいけないと囁く自分がいる。

けれども、それ以上に苦しいのは、シリウスとの関係に先がないのにいたずらに心を奪われ続けることだ。

それに、誰かに知られたら、シリウスもただでは済まない。

シリウスを愛しているからこそ、もう口づけはできない。

「……申し訳ありません。ヴァネッサ様にお手紙を書かなければなりませんので」

「分かりました」

下手な言い訳だ。けれども、シリウスはそれに納得した素振りを見せて離れていく。

彼の冷静さにツキリと胸を痛めながらも、ホッとする。これでいいのだと自分に言い聞かせて、再度手紙に向かい羽ペンを握る。

書くことはたくさんあるのに、言葉が出てこない。

ローレンの頭の中に、何度も何度もシリウスの顔が思い浮かぶ。

離れていくときにちらりと見せた冷徹な横顔が、脳裏に焼きついてしまっていた。

こちらの気持ちを汲み取ってくれたのか、それとももう必要ないと判断したのか。

シリウスはそれからローレンに口づけをしてくることはなくなった。

部屋に二人きりになっても鍵はかけないし、みだりに近づいてくることもない。ライオネルがいたときのような距離感を保ち、護衛に徹していた。

それに寂しさを覚えながらも、自分に「これでいい」と言い聞かせる。何も間違えてはいない。

けれども、シリウスが警護のために近づくたびに期待してしまう自分がいる。部屋の中に一緒に入れば、もしかしてと嫌でも胸が高鳴るのだ。

彼の唇の感触を思い出して身体が熱くなり、熱を持て余す。

まるで禁断症状のよう。

渇きや疼きは、日々強くなっていった。

「ローレン様を狙う輩が現れなくなりましたね」

慈善活動の帰り道、馬車に乗っていたときにエズラが言った言葉だった。

え？　とローレンは小窓から外に目を向ける。ライオネルがいなくなって以来、馬車の外で警護をするようになったシリウスの姿を思わず探していたのだ。

だが、言われてみれば、ルドルフとの婚約後は襲われていない。

「マッキンジムもローレン様の婚約が決まって観念したということでしょうかね」

エズラが上機嫌に言う。

マッキンジムとしては、できればローレンが婚約者に収まってしまう前に決着をつけたかったはず。王太子の婚約者を暗殺したとなれば、王家の威信をかけて犯人を探すだろうし、罪は格段に重くなるだろう。

手遅れになってしまった今、ローレンを殺すことを諦めたのか、別の手を考えているのか。その静寂は不気味さを感じさせた。

「そろそろシリウスもお役御免でしょうか。払っている金も馬鹿にはなりませんし」

ところが、続くエズラの言葉にスッと心が冷えた。

（……シリウスさんが、いなくなってしまう）

いつかくるとは分かっていた。けれども、こんなに早く唐突にやってくるとは。

猶予があるのだと、まだ別れのときはこないと思っていたのに。

心の準備もできていないまま、別れることになってしまったらどうしよう。ズキズキと胸が痛み始めた。

シリウスがいなければ息もできないのに、こんな状態で彼がいなくなったらどうなって
しまうのか。正気を保てなくなるかもしれない。

きっと彼を求めて啼くのだろう。身体が、――心が。

こんな孤独は耐えられないと叫び、悶え苦しむ。

想像しただけで苦しいのだ、実際彼がいなくなったらどれほどの慟哭が襲ってくるか。

「ローレン様？　大丈夫ですか？　顔色が悪いですよ？」

心配するエズラの声も耳に入らずに、ローレンは震える身体を抱き締める。

自分が思っていた以上に、シリウスの存在が大きくなりすぎていて、今さらどうしてい
いか分からない。

離れようとすればするほどに、その現実を突きつけられる気がした。

「まったく、また体調を崩したのですか？　だから、あれほど管理をしっかりしなさいと
言っているでしょう！　ただでさえ、十分に活動できていないのですからね。今日一日で
治してください」

うんざりとした顔のエズラが一通り小言を言い屋敷に戻ると、ローレンに部屋で休むよ
うにと命じてきた。どうやら、臥せっている暇はないのだと言いたいらしい。

だが、彼の言う通りだ。こんなことで体調を崩すなど情けない。

シリウスはそんなローレンをじぃっと見つめるだけで何も言わない。

彼の視線から逃れるように、湯あみをすると言ってシリウスを廊下に残した。

「湯あみの準備をしてくれますか？」

部屋で待っていた使用人に言い、白いドレスを脱ぐ。今は何も考えたくない。身体を清めてベッドに潜り込もうとしていた。

「シリウスさんに、私は休むので、彼も適宜休むように伝えてください」

ついでに彼への伝言もお願いする。このまま部屋の中に閉じ篭もってしまえば、シリウスに会う理由もなかった。

もう口づけもしない関係。護衛と、それに守られる人。

ふたりの関係はそうやって徐々に終焉(しゅうえん)を迎える。

終わりを受け入れる準備をしなければ。

ローレンは自分の身体を清めながら、頭の中を整理していった。

ベッドに潜り込み目を閉じる。自覚はなかったが疲れていたのか、睡魔はあっという間に訪れて眠りへと誘っていった。

眠りは現実を忘れさせてくれるいい薬だ。そう願って。


「――ローレン様」

随分と長い間眠っていた感覚があった。呼ばれる声に目を覚まして上げた瞼(まぶた)は軽く、覚醒も早い。

朝かと思ったが、辺りはまだ暗く、陽の光も見えてこない。

じゃあ、誰が自分を呼んだのかと考えたところで、息を呑んだ。

この声は、いつも聞いている声。

「……シリウスさん？」

暗闇の中でその人だと断定するのは難しい。彼は髪の毛も目の色も、そして服装も真っ黒で闇夜に溶け込みやすい容姿をしている。

だが、この声は間違いなくシリウスだった。そして、足元に人の気配がする。

「シリウスさん、ですよね？」

そうであると確信しているのに、返事がないことに不安を覚えた。

「はい、そうです」

またシリウスの声が聞こえてきて、やはりそうだったと安堵する。

彼はシーツの上からローレンの脚の上に手を置き、そのまま滑るように上に撫で上げてきた。

ふくらはぎから太腿に。腰、脇腹に、腕。

手の動きに合わせて移動し、ローレンの顔の位置にまでやってくる。

暗闇の中、こちらを見下ろす彼はまるで亡霊のようで、ローレンは思わず悲鳴を上げそうになった。

「……どうしたのですか？　何かありました？」

就寝中に断りもなく部屋の中に入ってくることなど今までなかった。そこの一線は守ってくれていたような気がする。

だから、非常事態が起こったのかもしれないと思ったのだ。

ところが、シリウスは慌てた様子も、張りつめた顔もしていない。ただ仄暗い瞳で横たわるローレンを凝視している。

――何かおかしい。

ライオネルが襲ってきたときのことを咄嗟に思い出す。

もしかして、シリウスも……。

嫌な考えが巡り、身体を強張らせる。

「何かあったのはローレン様の方では？」

シリウスがベッドの縁に腰をかけると、キシ……と軋む音が聞こえてきた。彼はローレンの肩を擦りながら驚くほど優しい声で逆に問いかけてきた。

ローレンは上体を起こして、彼の顔を間近で見る。先ほど恐ろしいと思ってしまったその顔は、いつものシリウスのものだった。表情が読めない、機微すらも隠すような。

けれども、どうしてだろう。

瞳は、漆黒の瞳だけは寂しそうに見える。置いてきぼりにされた子どもみたいに頼りなく、ローレンに縋るような目でこちらを見てきた。

「体調を崩されているようで、心配しました。何があったのかと聞きたいところでしたが、貴女は俺を避けている」

「それは……その……」

　これ以上シリウスを愛したくないから。こんなことを正直に話すことはできなくて言い淀む。

「貴女は心に抱えているものがあると身体に出やすい。けれども、それを誰にも悟られまいと我慢をする。だから、今も何かを我慢しているのではないかと」

「……心配してくださったのですか？」

「心配しないわけがないでしょう」

　当然のように言われて、ローレンは面映ゆくなった。シリウスの優しさにいちいち心が舞い上がる。けれども下手に浮かれてはいけないと、どうにかこうにか自分を叱咤した。

　この人の優しさにこれ以上依存してはいけない。

「ですが、こんな夜中にこっそりと部屋の中に入ってきてはダメですよ」

「強引な手を使わなければ、ローレン様は逃げるでしょう？　腰を据えて話したいと言っても、きっと貴女はそれを拒絶した。……違いますか？」

　痛いところを突かれて、ローレンは押し黙った。

　違わない。彼の言う通り、何かしらの理由をつけて逃げおおせていただろう。

「俺と目も合わせない貴女を捕まえるには、このくらいしないと。……ですが、驚かせてしまったことはお詫びします」

結局、理由も言わずにシリウスを拒絶して逃げようとしたローレンが招いたことなのだろう。彼は自分の心配や疑問をこうやって無理にでも向き合うことで解消しようとしただけだ。

「こちらこそごめんなさい……。いろいろとご心配をおかけしてしまい……本当に……」

申し訳なさに肩を落としていると、シリウスはローレンの額にチュッと口づけをしてきた。

久しぶりに彼の唇の感触を味わったローレンは、ぼっと顔を赤くする。

額から熱がドクドクと全身に回っていくようで、手でそこを押さえながらも泣きそうになっているであろう顔を隠した。

「ローレン様、俺たちの他には誰もいない。ふたりきりです」

シリウスの静かな声が、ローレンを誘う。

あのときのことを思い出せと言うように。

「まだ、覚えているでしょう？　俺との約束」

思っていることを口に出す。素直になってありのままの自分で向き合う。もちろん覚えている。コクリと頷いた。

「なら、答えてください。……俺が嫌いになりました？」

だから避けているのですか？　寂しそうにシリウスが問いかけてくる。

ローレンは首を強く横に振った。

「なら、貴女が婚約したから？　俺との秘密をこれ以上持ちたくなくて、避けたのでしょうか。俺との関係はどういう意味合いを持たせても、世間的に見れば不義。口づけひとつでも今は命取りでしょうから」

首を縦に振ることも横に振ることもできない。その通りだが、はっきりとこの口から言いたくはなかった。

これ以上問い詰められたら、本心を言ってしまいそうだ。二人には別れの結末しかないというのに。想いを伝えれば、シリウスはローレンの傷を広げないためにも、すぐにでもここを去ろうとするかもしれない。

「シリウスさん、私、私は……」

でも、言ってしまいたい。心がうるさいくらいに叫ぶ。

言ってはいけない。

これを口にしてしまったら、すべてが終わってしまう。

「……私は？　何です？」

ところが、シリウスはローレンの言葉を求めてきた。

顔を隠す手を優しく取り払い、露わになった無様な顔を覗き込んでくる。暴こうとしないでと必死になるローレンを見つめ、また問いかけてきた。

「おっしゃってください、ローレン様。貴女の正直な気持ちを。今何を思って、何を感じているのか。……どんな思いでそんな顔をしているのか」

「……シリウスさん……やめて……」

「無理やり暴くこともできますが、それではダメなのです。貴女自身が望んで話をしてくれないと。自身の言葉で、その口から」

切ない声で懇願されて、真摯な瞳で希われて。

ローレンの理性はガタガタと大きく揺れ動く。

声が出ず、言葉も出ず、ローレンはただすべてを拒絶するかのように首を横に振った。

だが、そんな頑ななローレンを、シリウスは包み込む。

逞しくも優しい腕の中に閉じ込めて。ずっと敵から守ってきてくれたシリウスの腕が、震えるローレンの身体を強く掻き抱いた。

「なら、俺が言いましょう」

「……っ」

嫌だと心が叫ぶ。彼が語る言葉から逃れようと身体がもがくが、シリウスは容赦なく腕の中に捕らえて、言葉を発しようとローレンの耳元で息を吸う。

「……やめっ」

目からポロリと涙が零れた。

「──貴女を誰にも触らせたくない」

ところが、耳に吹き込まれたのは、独占欲を剥き出しにしたかのように欲深く、そしてローレンの心を熱く焦がすような言葉だった。

「王太子の婚約者であろうと、貴族の令嬢であろうと、——聖女であろうと、関係ない。俺だけのローレン様にしたい」

「シリウスさん……」

「おこがましくも、浅ましくも……俺は、貴女をどうしようもなく愛している」

——貴女から離れたくない。

シリウスの焦燥に濡れた声が、離したくないと強く絡みつく腕が、全身が蕩けてしまうような熱が、ローレンに教えてくれる。

これは夢のような現実だと。

この世で一番望んでいた、けれども一番恐れていた言葉が今、ローレンを満たしてくれている。これ以上ないくらいの多幸感が、とめどなく流れる涙とともに溢れ出た。

「……私も」

「はい」

「わたしも……シリウスさんと」

心が焼き切れそうだ。シリウスへの愛が毒のようにすべてを冒していく。

義務とか倫理とか、世間体とか、父のこととか。

もうそんなことはどうでもいいとかなぐり捨ててしまうように、ローレンは叫んだ。

「シリウスさんと、一緒にいたいです！　他の人と結婚なんか……したくない！」

一度口に出してしまえば、すべてが瓦解（がかい）する。理性も正常な思考もすべて。

このときばかりは許してほしいと願いながら、ローレンは吐き出す。

「私にはシリウスさんだけなのに、貴方しかいないのに！　聖女ではない私を見てくれるのは、こんな私を愛してくれるのは……シリウスさんしかいないのに……」

それなのに、どうしてこの手を放さなければならないのか。

愛のままに生きてはいけないのかと絶望する。

「まるで呪いのようです。どこまでも私は聖女として見られ、そういう生き方しか認められない。自分を殺して生き続けなければいけないなんて、地獄です」

シリウスに出会って、初めて思った。

誰かのためではなく、自分のために生きたいと。

聖女と呼ばれる自分のままで生きたくないのだと。

きっと、ルドルフと結婚してしまえば、生涯にわたって皆が望む聖女であり続けなければならないだろう。聖女を演じ、そして王太子妃としてルドルフに抱かれる。

シリウスのいない世界で、満足に息もできない世界で。

そうしなければならないと頭では分かっていても、心はずっと嫌だと泣いていた。無理やり涙を拭いて、時が過ぎれば楽になると言い聞かせていたが、もうどうしようもない。

シリウスに愛していると言われてしまったら、我慢は脆くも崩れた。

「――なら、今すぐ、俺が貴女を『聖女』という呪いから解放してあげましょう」

彼はこちらの魂を抜いてしまいそうなほどに美しい笑みを浮かべ、ローレンを押し倒す。

銀色の髪の毛がベッドの上に波打ちながら広がり、シリウスの顔を見上げる体勢になった。

「……解放？」

「ええ、俺が貴女を『ただのローレン』にして差し上げます。……今度こそ、完全に」

前髪を撫でられ、その指先がゆっくりと頬をなぞり、唇へと向かっていく。今まで散々弄られ尽くしたそこを焦らすようにくすぐられて、ローレンは熱い息を吐いた。

それがどういう意味なのか、何となく分かる。

口づけだけでは済まないようなことをするということだろう。

あのとき以上のことをするのだ。手で触れ、口で弄ぶだけでは終わらない交わりを。

「その顔を見るに、俺が何をするのか……分かっていらっしゃるようですね」

嬉しそうに微笑まれて、恥ずかしくなった。

だが、シリウスはローレンが先を予見できていることがよほど嬉しいのか、身体の芯が痺れてしまうほどに甘い声で誘ってきた。

「選んでください、聖女か、俺か。俺を選ぶのであれば、貴女の望む通りにして差し上げます。生涯、ローレンとして俺に愛される生を与えましょう」

ゾクゾクする。そんな人生が送れるのなら、どれほど幸せだろう。

「もしも、覚悟を決められないのであれば、貴女を奪うまでのこと」

――シリウスが欲しいと、ローレンのすべてが咽び泣く。

このまま奪われてしまいたいと。

「無体はしたくはない。だから、頷いて、――ローレン」

もういい。もうどうだっていい。

この人がいてくれるのであれば、何があろうともどんな道を行こうとも、……実りある生を生きていける。

「私を聖女から解放してください。私を、貴方だけのものにして……シリウスさん」


それは、ローレンのすべてを奪うような口づけから始まった。

頬を濡らす涙を吸い、痕を辿るように口づけを落とす。それがローレンの唇にまで到達すると、飢えた獣のように食らいついてきた。

口を開けたときに見えた真っ赤な舌は、遠慮も躊躇いもなく口内を蹂躙する。熱くて、何度もローレンを悦ばせてきた舌。慣れたように弱いところを舐り、隅々まで愛でてくる。あっという間に下腹部がジンと疼き、腰が揺れ始めた。

「……ふぅ……んんぅ……ぁン……はぁ……」

吸われた唇も舌も唾液も、ローレンを淫らな気持ちにさせる。

前後不覚になってしまうほどに思考が奪われるが、もっとしてほしいと強請る。シリウスの首に手を回し、自らも舌を差し出した。

シリウスも興奮しているのだろうか。いつもより荒々しく、性急だ。

ローレンの官能を引きずり出すかのような舌の動き、そして寝巻のワンピースを手繰る手の動き。早く欲しいと言われているようで嬉しかった。

一通り堪能したのか、シリウスは口を離して首筋に這わせてくる。唇を啄まれるのとはまた違った感覚。彼の唇が肌を食むと、そこに快楽が植えつけられるような気持ちになる。植えつけられた快楽は、徐々に芽吹いて肌の下を這いずるように根を伸ばす。心臓に、そして下腹部に。

触れられているのは首筋や耳なのに、秘められた箇所が切なくなってきた。

身体が熱い。

シリウスの口が、手が、そしてこちらの痴態をつぶさに見つめる瞳が。ローレンを高揚させて、今まで抱いたことがない感情を引きずり出す。

この身体を暴かれるたびに芽吹いていた、優しく誘われるようで、ときおり強引に引きずり出されるそれ。

腰が痺れて、その痺れが背中を駆け上がり脳にまで達してしまう、抗いがたい感覚。思考を奪い、ローレンの理性も心すらも奪ってしまうもの。

シリウスが与えてくれる快楽や、優しさや愛はこの身を焦がし尽くす。

「……シリウスさん……何だか恥ずかしいです……」

いつの間にかワンピースが腰まで捲(まく)られていて、自分があられもない格好をしていると自覚すると途端に恥ずかしくなった。

ベッドの上で散々裸を見せてきたというのに。

けれども、想いが通じ合い、さらに身体の奥まで暴かれると思うと自分の身体を隠したくなった。

「恥ずかしいことをするのですよ、今まで以上に。たっぷりと、貴女が啼いてしまうほどに。でも、それこそが俺と貴女の愛の証拠とは思いませんか？」

「きゃっ」

そう言って、シリウスはワンピースを一気に胸上まで引き上げた。大きくたわわなローレンの胸がまろび出て、思わず悲鳴を上げてしまう。

そんなローレンの驚きにしたり顔をしたシリウスは、見せつけるように両胸を掴んでゆっくりと揉み始めた。

「こうやって、貴女が戸惑い恥じらいながらも受け入れる姿も」

「……ンぅ……ひぃ……ぁん」

持ち上げられては、ぐるりと円を描くようにこねられる。いつもはローレンを守ってくれる彼の武骨な手が、久しぶりに触ってくれている。

「自制しようと必死に耐えているのに、結局俺に与えられる快楽に勝てなくてよがってしまう姿も、蕩けた顔も、すべて」

今度は恐怖を忘れさせるためではない。ローレンの無垢な身体を変えようと、淫らに苛んでくるのだ。

「俺にしか見せない特別な姿だ。貴女の本当の愛を与えられた俺だけが見られる……そうでしょう？」

「シリウスさん、だけ……ンぁっ」

彼の言葉を反芻すると、胸の頂を指でツンと摘まれた。

乳房への愛撫だけですでに硬く勃ち上がってしまっているそこを、シリウスは摘まみ上げては指の腹で擦る。

さらに強い快楽が流れ込んできて、シーツの上で身体を捩らせた。

「もっと恥ずかしい姿を見せてください。もっと、もっと感じて……何度でも果てて、何もかも分からなくなるくらいによがり狂って」

「……ひぁっンっ……ンぁ……あぁ……そんな……つよくこすっちゃ……ンんっ」

「──俺の愛しか感じられなくして差し上げます」

シリウスに擦られた胸の頂は、ジンジンと甘い痛みを訴えている。真っ赤に熟れたそこは敏感になってしまっているのか、彼の吐息がかかっただけでも感じていた。

真っ赤な舌が、薄桃色をしたローレンの乳首にかかる。まるでご馳走を味見するかのように舌でそれをぺろりと舐めたシリウスは、愛でるように何度も味わった。

「……ふっぁあっ……ま……って……はぁンっ！」

ザラザラとした感触が、ヌルヌルとした唾液の滑りが、ローレンをさらなる快楽へと誘う。

久しぶりに生温かいものに包まれたそこは、シリウスの思うがままに虐められた。

口の中で、ちゅうちゅうと吸われ、唇で扱かれ、舌で舐られ、歯で甘噛みされて。ありとあらゆる愛で方でローレンを攻めてくる。

それだけではない。空いているもう片方の胸も、彼は器用にも指で弄ってきた。

右と左で違う攻めを受けて、休む間もなく悦楽が襲ってくる。口からは嬌声が漏れ、身体がシリウスに与えられるものから逃れようと勝手に動くも無駄に終わる。

ビクと腰が跳ね上がり、背中がしなる。下腹部に熱が溜まっていって、秘所がじわりと下着を穢していくのが分かった。

胸への攻めはさらに続いた。右の胸を舌で愛でてやったのだから、次は左だとばかりに食らいつく。とことんローレンを羞恥で濡らしてやろうと、シリウスは執拗にそこを嬲り続けた。

「久しぶりでしょう？　ここを可愛がられるのは。……ですが、それでもこんなに感じてしまうなんて……随分と淫らな身体になりましたね、ローレン」

「……ぁ……そ、そんな、こと」

息が上がって口が上手く回らない。回らないのは口だけではなく頭も同じようで、シリウスの言葉に弱々しく返すことしかできなかった。

「ついこの間まで無垢で真っ白な身体だったのに、随分と従順になってしまって」

「だって……シリウスさんが……」

「俺が？　どうしました？」

乳暈の形をなぞるように指先で円を描きながら、シリウスはローレンが言い淀んだ言葉の先を催促してくる。

言えないいと潤んだ目で訴えても、彼は許してくれない。それどころか、ピンと乳首を爪の先で弾いてきた。

「ローレン。言ったでしょう？　すべて曝け出せと。だから、ちゃんと言って俺に聞かせてください。……俺が、何です？」

強請りながらも、シリウスはどこか楽しそうだ。

ローレンをどこまでも追い詰めてすべてを引きずり出し、そしてそれを味わうことに耽るかのように恍惚とした表情をしている。

もっともっととせがむ彼に、逆らえない。

彼を悦ばせたいと、ローレンは恥ずかしさを堪えながら口を開いた。

「……全部、シリウスさんのせいです。……シリウスさんが、私に、触るから……気持ちよくしてしまうから……こんな身体に……なって……」

もう元に戻れないほどに淫らになってしまった。

口づけから始まった躾は、嫌というほどにローレンを変えていった。

鍵がかかる音が聞こえれば期待に胸が高鳴り、彼の手が触れれば身体が熱くなる。唇が重なれば悦びが全身を駆け抜け、また唇や手で愛撫してほしいと切なく啼くようになった。

ふたりで部屋に篭もった日々を恋しがり、彼だけのローレンになりたいと希う。

こんなにもはしたない身体にしたのは、シリウスだ。彼がローレンを搦め捕り、とことんまで教え込んだ。これは何よりも気持ちよくて幸せな行為なのだと。

けれども、それを口にするのは恥ずかしくて、むしろ辱められているようにも思えて涙が零れた。

「すみません、意地悪をして。ですが、どうしてもローレンの口から聞きたくて。もう頷かれるだけでは満足できない」

宥めるように額にキスをされる。

「意地が悪いと思われるかもしれませんが、案外、俺は貴女が泣いている姿が好きなのです。人前では決して取り乱そうとしない貴女が、俺の前でだけ崩れてしまう。弱さを見せてくれる」

今度は鼻の上にキスをして、蕩けるような優しい笑顔を見せてきた。

「そんな貴女が愛おしくて、愛おしくて」

「……んっ」

愛おしさが止まらず、それをぶつけるかのように口にキスをしてきた。口の中を舌がぐるりと舐り離れていくと、シリウスは目を細めてローレンを見据える。

「もっと突き崩したくなる」

「……あっ！　あぁ……そ、こ……ひぁっ」

シリウスの顔に見蕩れていると、太腿を弄っていたはずの彼の手が下着の中に入ってきた。悲鳴を上げて戸惑っていると、指は鼠径部をなぞり、そして秘所へ。

潤みを帯びたそこは、指先が秘裂をなぞるだけでくちゅり……と小さな水音を立てた。滑りを借りて容赦なく指の腹でそこを擦ってくる。

ローレンはシリウスの腕にしがみつくが、彼は止まらない。それどころか、秘裂を割り開き中へと潜り込ませてきた。

「……あ……あぁ……ぅあ……」

「ここも俺の指を覚えているようですね」

蕩けた表情を堪能するかのように、シリウスは顔をじぃっと見つめながら愛撫を続けている。ローレンが崩れる様をその目で愛でるつもりなのだろう。

今まで、蜜口の入り口を撫でられたり肉芽を弄られ高みに上げられるばかりだった。けれども、今日は膣壁（ちつへき）を指で広げて奥へと潜り込んできた。

指一本でもきつい隘路（あいろ）を、シリウスの指はゆっくりと進んでいく。痛みを伴うそれに顔を顰めると、彼は一緒に肉芽も弄ってきた。

親指の腹でくにくにと揉んだあとに陰唇を上げて包皮を剝き出しにすると、そこを刺激してくる。

「……いやぁ！　……あぁ！　そこはっ……ひぁあっ……あぁ！」

直に神経を撫でられたかのような強い快楽に咽び泣く。何度味わっても慣れないその快楽は、ローレンを酷く乱れさせた。

しかも今回は、指が膣の中に入ってしまっている。もう平静を保つことなどできなかった。

「今日はここで達してはダメですよ。もっと奥の方で気持ちよくなれるようにしていきます。少し痛むかもしれませんが、気持ちよさに集中して」

「……んンぁ……ひぃぁ……あぁ……」

「逆らわないでください」

「でも、こわ、い……」

逆らわないでと言われても、身体が勝手に抗ってしまう。どうしたら言うことを聞かせられるか分からなくて、彼に縋った。

「俺を信じているでしょう？」

もちろんだと何度も頷く。

「なら、深呼吸して身体の力を抜いて。そうですね……声は我慢しない方がいいでしょう。俺にすべてを委ねて」

シリウスの言葉に従って深呼吸を繰り返す。何度か繰り返していくうちに身体の力が抜けていって、強張りもなくなっていった。

「上手ですよ、ローレン」

ところが、耳元でシリウスに褒められて、子宮がきゅんと切なくなった。無意識に中に入っていたシリウスの指を締めつけて、愛液を垂らす。

「褒められただけで感じてしまったのですか？　何ていじらしい」

「だって……」

　褒められたことなど、今まで数えるほどしかなかった。だからだろう。愛している人に褒められてしまったら、嬉しくて反応してしまう。これはどうしようもないことだ。

けれども、シリウスはその反応を気に入ったらしく、何度も耳元で褒めてきた。

「可愛らしいですね、貴女は……本当に」

　また身体が反応してビクリと震える。

「いつも頑張る姿を見せてくれますが、俺のために頑張ってくれていると思うと嬉しさはまた格別です」

「……はぁ……あぁン……」

　感じるのが止められない。シリウスが褒めるたびに、子宮が啼いては彼の指を締めつける。まるでその動きがもっとと媚びているようで恥ずかしい。

「もっと奥を触ってあげますから、脚を大きく開いて。俺のために頑張ってくれますよね？」

　シリウスが喜んでくれるならばと、ローレンは恥を忍んで脚を動かす。

「俺のためにありがとうございます、ローレン」

　脚を開いたことにより少し中の狭さが解消される。すると、シリウスは指を二本に増やして、膣壁を擦りながら奥へと進めてくる。しとどに濡れたローレンの秘所は、ぬぷぬぷと音を立てて指を呑み込んでいった。

　ゆっくりと丁寧に中を解すように開かれた隘路は、指を動かせるくらいまで柔らかくなる。シリウスももういい塩梅だと踏んだのだろう。小さく抜き差しを始めた。

　指を引き抜かれるたびに肉壁を擦られて、入れられると奥を突かれる。

　最初こそ内臓を抉られているようで気持ち悪さがあったが、徐々に気持ちよさがそれを塗り替えてきた。

　ビクビクと腰が痙攣し、大きな快楽の波が押し寄せてくる。甘い声がシリウスの指が動くたびに口から溢れ出て、全身の肌が紅潮していった。

「いやらしい顔ですね」

　舌なめずりをして、獲物を狙うような目でローレンを見る彼は、美しい獣。

　ローレンを骨の髄まで食らい尽くす、獰猛で淫靡で、艶やかな獣だった。

「……あぁ……もう……ひぁっ……きちゃ……ひぁん！」

「上手に快楽を摑めているようですね。……本当に貴女は教えがいがある」

　下腹部に大きな熱が溜まって、快楽が弾けそうになっている。肉芽を弄られているとはいえ、中を触られるのは初めてなのにこんなに早く達してしまえるものなのか。

　ローレンは驚きながらも、追い詰められる感覚に喘ぐ。

　媚肉が指に絡みつき、膣壁が蠢動するたびに愛液が滲み出てきた。

　じわじわとやってきた身体の変化をさらに促すように、シリウスは指の動きを激しくくしていく。膣壁の上の方を指の腹でグリグリと押し込むように擦られると、頭の中が真っ白になってしまうほどの快楽が襲ってくる。

シリウスはそこを執拗に攻めて、ローレンをどんどんと追い詰めていった。

こちらの息が上がるほど、彼の吐息が熱くなる。見つめ合う視線が近くなり、瞬きひとつせずにローレンの媚態を見つめ続けている。

「……も……ダメぇ」

もう限界だと音を上げた瞬間、嬌声を食らうかのようにシリウスに口を塞がれた。

「……ふぅっ……ンんっ……んっんっ……ンぅー！」

下腹部の熱が弾けて、ローレンは絶頂を迎える。脳が溶けるくらいに気持ちよく、腰がガクガクと揺れて四肢が震えてしまうほどの衝撃。

あまりのことに一瞬意識を飛ばしそうになったローレンの口を、シリウスが絶頂の余韻を舐め取るように蹂躙しては啜る。

おかげで一度昇った高みからなかなか下りられず、快楽が燻り続ける。久しぶりの絶頂はローレンを恍惚とさせた。

「相変わらず貴女の達するときの顔は……堪らない」

興奮したように目元を赤く染めたシリウスは、ローレンの秘所から指を抜いて上体を起こす。そして、自身の下腹部へと手を伸ばしてトラウザーズの前を寛げ始めた。

中から勢いよく飛び出してきた長くて逞しいそれ。

血管が浮き出ていて、今にも爆ぜそうなほどにいきり勃っている。

初めて見る男性の屹立にローレンは驚き、たじろいだ。あんなに凶悪なものをこれから自分の中に収めようというのか。

どう考えても身体が裂けてしまうと、想像して泣きそうになった。

けれども、あれを受け入れないと、シリウスとの愛をこの身体に刻むことができないのだ。

これからどうなるか分からない。

このままふたりで一緒になれる道を探せるかもしれないが、もしかするとそれが叶わない未来だってあるかもしれない。もちろんそうはなりたくないが。

不安がないわけではない。だから、何があっても強くいられるように印が欲しい。

自分は生涯、シリウスだけのものだという印が。

再び覆いかぶさってくるシリウスの瞳を見た瞬間、愛おしさが溢れてくる。

その衝動のままに彼の首に手を回してギュッと抱き締めた。

「ええ、そうですね。俺も早くローレンが欲しいです」

背中を擦り、ローレンの気持ちは分かっていると優しい声で言う。

互いの気持ちは一緒なのだと。

「……それに……俺ももう……限界のようです」

かと思えば低く艶のある声で囁き、ローレンの耳を舐めてきた。

火傷しそうなほどに熱くなっている屹立の穂先をローレンの秘所にあてがい、愛液を馴染ませるようにくちゅくちゅと動かしていく。

大きくて硬いそれが、秘裂を割り開き蜜口に少し潜り込む。そのまま一気に貫くのかと思いきや、シリウスは動きを止めた。

「……ローレン、聞かせてください、貴女の気持ちを」

え？ ときつく閉じていた目を開けて彼を見遣る。

堪えるように眉根を寄せているシリウスは、再度言ってきた。聞かせて、と。

「俺を愛していますか？」

答えなど決まっていた。迷うことなく言葉が出てくる。

「愛しています、シリウスさん。誰よりも、何よりも、愛しています」

この世の誰よりも、深く。貴方がいなければ息ができなくなってしまうほどに。

ローレンが正直な気持ちを口にするやいなや、シリウスはグイっと腰を動かして屹立を挿入れてきた。

散々濡らして中を解したにもかかわらず、シリウスの逞しい屹立を咥え込むのはやはり未通のそこでは難しいらしい。痛みがローレンを苛んだ。

それでもいい。痛くても辛くても、それでもシリウスのものになれるのであれば。

一心で受け入れ続ける。

「貴女はここも健気なのですね。こんなにも大きく口を広げて、俺のものを懸命に咥え込

もうとしている」

シリウスは繋がっている様を見ながら、結合部に指を這わせた。

「少し力を抜きましょうか」

再び肉芽を弄られたローレンの身体は、彼の思惑通りに気持ちよさに力を抜く。弛緩したその隙を狙って、一気に最奥まで屹立を押し込まれた。

「あぁっ！」

鋭い痛みとともに、突き上げられるような衝撃を受ける。胎が破れてしまいそうなほどにいっぱいになったそこは、じくじくと痛みを訴えてきた。

どうにか痛みを和らげるために呼吸を整えようとする。

だが、シリウスが腰を持ち上げてきたことにより、それどころではなくなった。

「……ほら、見てください。貴女、俺とこんなにも深く繋がっている」

結合部を見せつけてきたシリウスはうっとりと笑む。ふたりの腰がぴったりとくっついて繋がっている光景にローレンは魅入り、ドキドキと胸を高鳴らせた。

何て卑猥な姿。

「俺だけのものになってしまいましたね、ローレン。……嬉しい？」

けれども、これ以上ないくらいに幸せな瞬間だった。彼がローレンの中に残してくれた爪痕ひとつひとつに愛おしさを感じて、感極まって泣いてしまいそうになる。

出ない声の代わりに首をコクコクと縦に振った。

すると、シリウスは破顔して、ローレンに口づける。

唇に触れる直前に見えた彼の顔は、見たこともないほどに嬉しそうで幸せそうで。自分だけの歓びではないのだと知って、ローレンは目を閉じて彼と歓びを分かち合う。

もう罪ではなく、愛がふたりを繋げている。

後ろめたくも痛々しい、それでいて深くて強い愛で。

この時が永遠に続けばいい、たとえこのまま殺されても構わないと思ってしまうほどにシリウスだけを求めていた。

「……あぁ……ンぁ……あっあっ……ンんっ」

シリウスがゆっくりと腰を動かし始めて、ローレンの中を突く。硬くて逞しいものが膣壁をごりごりと抉り、無理やり開いたそこをさらに押し広げていった。

圧迫感が凄く痛みも伴う行為だったはずが、ゆっくりと慣らされていくうちに快楽が生まれてくる。

ゾワゾワと腰から背中にかけて痺れが走り、身体が敏感になっていくのが分かる。

突く角度を変えたシリウスが、指でも一等感じた箇所を強く擦り上げると、目の前が明滅するような大きな波がやってきた。一旦痛みで燻っていた熱が再び舞い上がり、ローレンを高みへと追い上げていく。

「……ふぁっあぁ……あぁ……ひぅ……ンん……んぁあっ」

ギチギチとシリウスの屹立を締めつける膣壁が、もっとと媚びるようにうねり搾り取ろうとしている。シリウスはそれに応えるように律動を速めていき、猛ったものをローレンの中で扱いていった。

またひときわ大きくなった熱杭が最奥へと叩き込まれると、息が止まりそうになるくらいの衝撃を受ける。けれども、同時に狂おしいほどの快楽を叩き込まれもした。

シリウスにこのまま壊されてしまうのではないだろうか。

あまりの激しさに、頭の片隅にそんな考えが過る。

(――壊してほしい)

こんなことを思ってしまうなんて、もう自分は正気ではないのかもしれない。

このままここでシリウスに壊されることが至高の幸せではないだろうかなど、どう考えても愚かな考えだ。

でも、幸せの絶頂を味わっているこの瞬間に、終わりを迎えられたら。

その幸せは色褪せることなく永遠と続いていくのだろう。絵画の一場面のように。

「……シリウス、さ……っぁ……シリウスさん……」

また下腹部で熱が溜まって何かが弾けそうな感覚が襲ってくる。もうパンパンになって、今にも限界を迎えそうだと訴えるように彼の名前を呼び続けた。

「……中がさらにヒクついてきましたね。達してしまいそうですか?」

助けを求めるように頷くと、シリウスはさらに腰を抱えて深く挿してきた。肌が当たる音が鳴り響き、激しく揺さぶられる。

「……あっあぁン！　……や、ぁ……はげし……ンぁっ！」

「すみません。でも、貴女の中を早く穢したくて堪らない」

「ひぁンっ！　あぁっあぁ……ひぅっ！」

シリウスの息が速くなり、声が上擦る。感じている彼の顔はとても色っぽく、もっともっと気持ちよくなってほしいと思う気持ちが止められなかった。

ふたりで高みに昇りたい。

ローレンの身体がその想いに呼応したのか、子宮がきゅうん……と切なくなった。

「……っく」

「……も、……ダメぇ……っ！　……あっ……あぁ！」

その瞬間、熱が弾けて絶頂に達する。ビクビクと膣が痙攣してシリウスの屹立を締めつけて搾り取るような動きをした。

それに抗えなかったのか、シリウスもまた吐精してローレンの中を白濁の液で穢す。

びゅくびゅくと何度も吐き出し、腰を動かして最奥に叩きつけた。

胎の中がシリウスの精で満たされ、とことんまで穢されていく。

ローレンはそれを感じながら、ゆっくりと目を開けて自分の下腹部を見下ろした。

「……嬉しい」

恍惚とした笑みを浮かべる。

シリウスの子種を注ぎ込まれて、真っ白だった身体を彼の色に染められて、自分の身体はもう変わってしまったのだと実感する。

聖女でも王太子の婚約者でも何でもない、ただのローレンがたしかにここにいるのだ。

――シリウスだけのローレンが。

そっと腹を撫でた。

人は言うだろう。――これは過ちだと。

王太子の婚約者となった貴族令嬢が、他の男の虜になって純潔を捧げる。他の人間が知ったらとんだ醜聞だと罵るに違いない。

けれども、ローレンには正しいことだった。シリウスと睦み合うことは、何よりも自然のことだと思えたのだ。自分が聖女と崇められることよりも、ルドルフのもとに嫁ぐことよりも。

当たり前のように惹(ひ)かれ合って、当たり前のように身体を重ねる。

シリウスが触れるたび、彼に触れるたび、ローレンの心は色づいていった。有彩色に染められた世界は美しくて、鮮やかで。閉塞的だった真っ白な世界とは違う。

彼の中に溺れ堕ちていくのは、とても幸せだった。

いつまでも幸せに浸っていたい。もしかするとこの時間は奪われてしまうかもしれないと思うと、刹那でも離れているのが惜しくて仕方がない。

離れたくない。ふたりの世界の中でいつまでも。

そう思うと、もうダメだった。

「──ローレン様、今日も体調が優れないのですか？　皆、貴女がやってくるのを心待ちにしているのですよ？」

エズラが部屋の扉をノックしながら語りかけてくる。

廊下から響いてくる声は扉を隔てているためにくぐもっているが、それでもはっきりとこの耳に聞こえてきた。

ここ最近は体調が悪いから休むと部屋からも出ない。

「また行かないつもりですか⁉　貴女最近弛(ゆる)みすぎではないですか⁉」

ドンっ！　と扉を殴られた音がした。

ローレンはそれにビクリと肩を震わせながら、必死に声が漏れないように手で口を押さえる。

「……エズラ様は随分とご立腹ですね。さて、どう言い訳をしましょうか」

「……ひっ……ンくぅ……ん……ンっ」

そんなの無理だと必死に首を横に振った。

今口を開いてしまったら、あられもない声をエズラに聞かせてしまうことになるだろう。

艶めいた甘い声を。

だから、耐えなければならないのに、シリウスはその我慢を突き崩すかのように、指をさらに奥に入れ込んで激しく抜き差ししてきた。

ならせた。

「……ひぅっ……うぅ……」

もうやめてと脚を閉じると、余計に彼の指の形を感じることになり、さらに追い詰められる。しかも、抵抗したことを咎めるように乳首の先をギュッと引っ張られて、背中をしならせた。

淫蕩に耽るのも大概にして外に出なければと準備をしたが、シリウスがこの場に繋ぎとめた。真っ白なドレスを乱してしまうのだ。

剝き出しになった胸を揉み、もう片方の手は大きく開かれた脚の間に。

弱いところを二箇所同時に攻められ、さらに耳も食まれている。

毎日のようにシリウスに触られて犯されているこの身体は、言うまでもなく降参状態だ。中途半端に脱がされたドレスを体液で濡らし、ビクビクと快楽に打ち震えている。

そんなときにエズラがローレンを訪ねて部屋へとやってきた。

鍵をかけているので中には入ってこられないが、それでも壁を一枚隔てた先でこんな淫らなことをしているなんて知られるわけにはいかない。

さらに困ったことに、この行為は入り口の扉近くで行われていた。扉横の壁にローレンは手を突き、後ろからシリウスが覆いかぶさりながら虐めてくる。

誤魔化さなきゃとシリウスから離れようとしたのだけれども、離れるどころか彼はローレンをガッチリと捕まえて情事を続行させた。

しかも、何故かエズラがやってくる前よりも、激しい愛撫を繰り返してきたのだ。

愛液が掻き回される音が耳を刺激し、身体が跳ねるたびに爪が壁を引っ掻く音がする。エズラにも届くのではないかと危惧した。

もちろん、喘ぎ声も。

（……そんなにしたら……エズラに、聞こえてしまう……っ）

シリウスに目で訴えかけても、彼は受け入れてくれない。むしろ、聞かせたがっているのではないかと疑うくらいに、ローレンを指で追い詰める。

「ローレン様！　聞いているのですか！」

エズラの怒りがさらに大きくなって、今にも扉を蹴破りそうな勢いだ。

もう返事をしなければ。そうじゃなければ怪しまれる。

ローレンは唾を飲み、意を決して口を開いた。

「……ご、めんな、さ……っ……い……今日も、……むり、そうなの……」

ようやく紡げた言葉は途切れ途切れで、震えている。

さすがのエズラも様子が変だと察したのだろう。

「大丈夫ですか？　ローレン様？　本当に具合が？」

ドンドン！　と何度も叩かれて揺れる扉を見つめながら、もう限界だと悟る。

涙目でシリウスを振り返ると、彼に甘えるように横顔に頬擦りをした。

「……お願い、します……シリウスさん……もぉ……むり……です……」

もう意地悪をしないでと声を潜めて懇願すると、彼はフッと笑って、ローレンの口を己の口で塞いだ。

そして、膣壁をゆるゆると撫でていた指を激しく動かす。一等感じる箇所をグリグリと押し上げて強烈な快楽を与えてきた。

一気に高みへと導くような動きに、ローレンは抗うこともできずにあっけなく達してしまう。

「……んン――――！　んんんっ……ふぅ……ンぁ……はぁ」

喜悦の声がシリウスの口の中に響く。ぷしゅ……と膣奥から噴き出すように蜜が漏れ、さらにドレスをドロドロに汚した。

「俺が話してきましょう。ローレンは少し休憩していてください」

絶頂の余韻で動けなくなったローレンの頬を撫で、シリウスはベッドに運んでくれた。

敏感になってしまった肌をくすぐられて、また熱が煽られたようだ。去っていく彼の後ろ姿を見つめながら、疼く身体を抱き締める。

エズラとの話は随分と早く決着がついたようで、シリウスはすぐに戻ってきた。

彼にどんなことを言ったのか想像がつかないが、廊下の向こうで騒ぐ声が聞こえないということは納得してくれたのだろう。……おそらく。

「……エズラは？」

「ローレンにお大事にと伝えてくださいとのことです」

本当かどうか分からない言葉を聞いて、ローレンはクスリと笑う。彼の方に手を伸ばすと、シリウスはそれに誘われるように覆いかぶさってきた。

「俺がいなくて寂しかったのですか？」

彼は揶揄うように聞いてきた。

「うん」

けれども、ローレンはまるで幼子のように素直に肯定する。

本当に寂しかったから。寸分たりとも離れていられないと、シリウスのぬくもりを恋しがって心が疼いたから、認めるしかなかった。

「可愛らしいですね、貴女は」

「……んぁ」

「寂しい思いをさせてしまった分、たっぷり可愛がってあげますね」

ローレンの身体をひっくり返し四つん這いにすると、シリウスはドロドロに解した秘所に指を挿入れる。そのまま陰唇を割り開くと、猛った屹立を一気に奥まで捩じ込んだ。

「はぁっ……あぁンっ！」

挿入されただけで気をやってしまいそうになったローレンは、ベッドに突いていた腕を折って体勢を崩す。さらにシリウスに尻を突き出すような形になり、彼はその丸い尻を両手で鷲摑みにして激しく攻めてきた。

パンっ、パンっ、と肉が叩きつけられる音が響く。

まるでローレンを一気に快楽の底に堕とし込むような腰の動き。翻弄されて、声が嗄れるまで啼き続けた。

シーツを摑んで胎の奥まで突き上げられる衝撃に揺さぶられ、とめどなく流れ込んでくる快楽に身体が従順に反応する。

「……ひぁっ！　ま、た……あぁン……達してしまう……っ」

一度指で導かれたせいで敏感になってしまっていた。さらにシリウスの荒々しい攻めであっという間に高みに昇りつめた。

「……ふぁ……あぁっ……！」

抗うこともできずに絶頂を迎え、中にあるシリウスの屹立を強く締めつける。それでも彼は動くのをやめてはくれずに、最奥を突いてきた。

「……ま、まって……ひぃあっ……も……私、達して……あぁっ！」

「言ったでしょう？　可愛がってあげますと」

「……でもぉ……ひぁあンっ」

シリウスが背中から覆いかぶさってきて、まだまだ頑張れるでしょうと訴えるかのように胸の頂をキュッと指でつねってくる。

そんな刺激にすら、ローレンは軽く達してしまう。子宮が切なく啼いて、膣壁が蠢いて媚びるように屹立に絡みつき、早く精を搾り取ろうとしていた。

こちらが何度達してもシリウスは許してくれず、「俺がイくまで耐えてください」とローレンの中を掻き乱す。

意識を手放そうとしては、そのたびに起こされて、甘い声で名前を呼ばれて。

甘い悦楽の中で、ローレンは屹立が一回り大きく膨れ上がるのを感じていた。

「貴女の奥に注ぎ込んであげます」

「……ひぁ……あぁン……」

「また全部飲み込んでくださいね、ローレン」

「……はっ……あぁ……」

熱いものが胎の中にドクドクと注ぎ込まれる。何度にも分けて、ローレンのすべてをとことんまで穢した。

シリウスがようやく達し終えたときには、全身の感覚がないくらいになっていて、愛液が内腿を穢すほど滴っていた。

すべてをローレンの中に吐き終えた屹立を抜くと、秘所から愛液混じりの精がこぷりと音を立てて溢れ出す。

「……残念。零れてしまいましたね」

シリウスがローレンの頭につけていたマリアヴェールを剝ぎ、ボタボタとベッドの上に落ちるそれを拭き取る。

彼が拭き終えたそれを床に落とすのを、ローレンは視線で追った。

あんなに汚して、もう使いものにならないだろう。白いドレスもマリアヴェールも、ふたりの体液塗れだ。

エズラに怒られる……と考えたところで、シリウスがローレンの顎に手をかけて自分の方へと寄せてきた。そして、軽く口づけると、うっとりとした顔で言う。

「もうあんなもの、必要ないでしょう？」

――たしかに、その通り。もう聖女をしなくてもいいのだから、必要ない。

（私はこの手を取ったのだから）

ローレンは頷いて、頬を撫でるシリウスの手に頬擦りをした。

穢れた身体を布で清め、裸のままシーツに包まれたローレンは、シリウスの膝の上に頭をのせた状態で横たわる。

彼に前髪を弄られながら、ふと、何となく己の願望を口にしてしまった。

「――もし、このままルドルフ様に嫁ぐことになったら……私を殺してくれる？」

自分で言っておきながら面倒くさい女だと自嘲してしまう。何を馬鹿なことを、と。

けれども、それはまごうことなき本心だ。きっと、彼に看取られ迎える最期は幸せだろう。

「もう聖女として生きていたくない。シリウスさんがいなければ、人としては生きていられない気がするの。それならば、いっそ……」

言いかけて、再度口にするのを躊躇った。

やっぱり馬鹿みたいだ。現実的ではない。

でも、もしも、万が一。

そのときがきたらと考えると、ローレンはどうしても言っておきたかった。

「シリウスさんの腕の中で死にたい」

願うのはただひとつ。最期までシリウスとともにありたい。

それだけだ。

「殺される覚悟があるのであれば、いっそのこと俺と一緒に逃げませんか？　逃げて、ふたりだけで誰も知らない土地で暮らすのです」

けれども、シリウスはローレンにもっと違う未来を示してくれた。

ローレンが心のどこかで願っている未来。けれども諦めてしまっている未来を。

微笑む自分、それを見守るシリウス。小さな家で静かに暮らすふたりの姿。

想像しただけで涙が出るほどに幸せだった。

欲しいと願ってしまう。そんな人生が欲しいと。

「そんなことができたら嬉しい」

くしゃりと顔を崩して微笑んだ。

「貴女が望むのであれば、叶えましょう」

シリウスが言うと、本当に叶えてくれそうだと思えるから凄い。

頼もしい言葉が嬉しくて、でも、ローレンのためにここまで言わせてしまうことが申し訳なくて、首を横に振る。

「もし、私が捕まっても、シリウスさんだけは逃げて」

「貴女を他の誰かに明け渡したまま逃げることなどできません。命令でも嫌です」

その言葉にホッとする。

逃げてと言ったものの、シリウスを生きて逃がせたことを喜ぶ反面、悲しみもしただろう。そんな複雑な気持ちを抱えたまま死にたくはない。

「ですが、もしもどうしてもふたりで逃げられないとなったときは……」

シリウスは上体を屈めて、自分の膝の上にいるローレンを覗き見る。こちらに向けられる漆黒の瞳が仄暗く光り、真っ直ぐにこちらを見つめてきた。

「俺が貴女を殺します。一緒に死にましょう、ローレン」

本気の目で、淀みのない声で。

「その身体も心も、そして命も、他の男のものになるくらいなら、俺が殺して差し上げますよ。そして俺もそのあとを追います。そうすれば、もう誰にも俺たちを引き裂けない」

ローレンのすべてを自分のものにすると言ってくれたのだ。

「……嬉しい。貴方に殺されるなら、――本望よ」

それこそ幸福な死と言えよう。魂すらもシリウスのものになれるのだから。

大丈夫、怖くない。

この人がいてくれるのであれば、もう殺されることは怖くはない。

シリウスが、すべてのしがらみから解放してくれた。

もう怖いのは、彼を喪うことだけだ。

先ほどの情事の疲れがやってきたのか、それとも安堵したのか。徐々に瞼が重くなっていく。シリウスの手がローレンを微睡みの中に落とすように、頭を撫でてきた。

ゆっくりと目を閉じる。

随分と深い眠りだったのか、夢を見ることはなかった。

膝の上で眠ってしまったローレンの顔を見て、シリウスは目を細める。

随分と安堵した様子だった。こんな自分に殺されることを喜ぶなんて、何ていじらしい。あどけない寝顔がまるで幼子のようで、シリウスは思わずクスリと笑ってしまう。こんなにも無防備な姿を自分に見せて、随分と堕ちてくれたものだと。

彼女の頬を指でなぞり、首筋に這わせる。

そこにはシリウスがつけた情事の痕がまるで模様のように散らばっていた。きっと、エズラやローレンの父、そしてルドルフが見たら卒倒することだろう。

その様子を想像しては、ほくそ笑む。

――もうローレンは聖女ではなくなった。

この上ないほどの優越感と高揚感。彼女は親の呪縛から解き放たれ、聖女という枷から逃れ、シリウスだけのものになった。

ローレンを起こさないように膝の上からそっと下ろすと、物音も立てずに立ち上がる。

随分と長く睦み合っていたらしい。外はもう暗く、月が出ていた。

月明かりが差し込む廊下を歩き、シリウスは屋敷の裏口へと向かっていく。もう使用人は仕事を終えて自室へと戻っているのか、人ひとりいない。

音を立てないように細心の注意を払いながら、裏口の扉を開けて外に出る。

「遅い」

いつもの場所、井戸の裏から潜めた声が聞こえてきて、シリウスははぁ……とわざとらしい溜息を吐く。

死角で見えないその姿を探すように井戸の裏を覗き込むと、男が座り込んで身を隠していた。マッキンジムとの連絡係だ。

「文句を言われるほど遅れてはいないだろう」

仕方がないと冷ややかな声で言うと、男はムッとしたような顔をした。

「最近はどうなんだ？　そろそろあっちも動くってさ」

お前と無駄な話をしている暇はないとばかりに男は話を促してくる。シリウスもそれは同じで、ここに長居をする気はなかった。

「なら、いつでもこちらは動けるとマッキンジム様にお伝えしろ」

シリウスは淡々とした口調で男に報告する。

もう、任務は果たしたとばかりに。

「どんな仕事も着実にこなすと聞いていたが、女を堕とすことも朝飯前かよ。なぁなぁ、あんなお堅い聖女様をどう口説いたんだ？」

「聞いてどうする。お前には関係ないだろう。お前はただの伝令役だ」

余計なことは聞くなと睨みつけると、男は肩を竦めて「はいはい」と適当な返事をしてきた。

「とにかく計画は順調に……」

そう言いかけたところで、シリウスはバッと裏口の方を振り返る。それと同時に駆け出した。

「……ひ、ひぃっ！」

情けない声とともにそれは倒れ、地面を這いずる。シリウスが突然迫ってきたために驚いて腰を抜かしてしまったのだろう。まるで芋虫のように蠢いていた。

あっという間に辿り着いたシリウスは、逃げ遅れたその人物の膝裏を踏みつけて動きを止める。彼は青褪めながらこちらを振り返った。

「盗み聞きですか、エズラ様」

あとをつけてきていたのだろう。エズラは裏口でシリウスたちの会話を盗み聞きしていた。

捕まったにもかかわらず、彼は敵愾心(てきがいしん)を剝き出しにして叫んでくる。

「お、お前！　マッキンジムの人間だったのか！　しかも、私が一生懸命作り上げた聖女を、あ、あんな！　あんな！　おかしいと思っていたんだ！　畜生！　畜生！　お前を今すぐ殺してやる！」

ローレンの部屋の前で追い返されてからずっと怪しんでいたのだろう。エズラはローレンとシリウスが何をしていたのかも知っているし、シリウスの正体にも気づいた。憤り、言葉の限り罵(ののし)ってくる。

エズラの説教じみた言葉には普段からうんざりしていたシリウスは、思い切り彼の口を鷲掴みにし、それ以上喋(しゃべ)れないようにした。

おかげで無様な呻き声は聞こえてくるが、小煩い言葉は聞こえてこなくなってすっきりする。

「秘密を知った者は、屠(ほふ)られるのが世の常ですよ、エズラ様」

シリウスは冷笑し、指先に力を入れる。

このまま顎の骨を砕いてしまえば、もう煩い口は利けなくなるだろうと思いながら、ミシミシと小気味いい音を奏でる。

「……あがっ……ん――！　ん――！」

実に爽快だった。

第五章

「エズラ！　あやつめ、どこで油を売っている！」

ローレンの父の怒声が屋敷に響く。その場にいた使用人たちは一斉に肩を竦めながら俯き、家令もオロオロとしていた。

「申し訳ございません、旦那様。誰も行方を知らず、捜しているのですが……」

成果を上げられなかった家令は、言葉を濁した。だが、怒りをさらに燃やすのには十分だったようで、憤りのままに机の上にあるものを薙ぎ払う。

ゴトっと音を立てて床に転げ落ちる花瓶を見て、ローレンは眉根を寄せた。

父は随分と前から屋敷を留守にしていたらしい。いつもこちらの動向は報告しても、父の動向は耳に入ってこないから知らなかった。

おそらく、ローレンの婚約が決まったあとからだろう。

父が帰ってくる前に、どうにかエズラはローレンを部屋から引きずり出しておきたかった。だからあんなに必死だったのだと合点がいく。

もともと、父がローレンを訪ねに部屋にやってくるとは思っていない。クローゼットに閉じ篭もっていたときでさえも一度も顔を見せなかったのだ。

だから、ローレンのことはエズラに任せて、放置していたと思っていたのだが、そもそも屋敷にすらいなかった。

お仲間と遊び惚けていたのか、それとも次期宰相候補として何かしら活動をしていたのかは知らない。

とにかく、父が帰ってきた日の朝から、エズラは姿を消していた。

書き置きはなく荷物はそのままに。本当に前触れもなく忽然といなくなってしまった。

「お前は何か知らないのか！　ローレン！」

「申し訳ございません、お父様。私は何も聞いておりません」

もしかすると、部屋に閉じ篭もるローレンに愛想を尽かしたのかもしれないし、のっぴきならない用ができたのかもしれない。

それとも、今日父が帰ってくると知って、ローレンが活動していないことの責を問われるのが嫌で逃げ出したのか。

いずれにしても、父の怒りが収まることはなく、何としてでも捜し出せと顔を真っ赤にして吐き捨てる。

ローレンはその怒声を背にしながら自室に戻っていった。

「エズラ、どうしたのかしら」

部屋に入り、独り言つ。すると、続いて部屋に入ってきたシリウスが、ローレンを後ろから抱き締めてきた。

「気になりますか？」

耳元で囁かれて、ローレンは頷く。

「お父様にも何も言わないでいなくなるなんて、相当のことがあったということでしょう？　いったいどこに……」

「どこに行ったにしろ、俺は小煩いのがいなくなって助かります」

またそんな意地の悪いことを言って、とシリウスを見上げる。本気かどうかも分からない顔をしている彼に、ローレンは縋るように頬を寄せた。

「貴方はいなくならないで、シリウスさん」

願うように、確かめるように。

ローレンは貴方だけはそうならないでと縋る。

「もちろんですよ。言ったでしょう？　ローレンのすべてが俺のものだと。どこにも置いていきませんよ」

シリウスが与えてくれる言葉に安堵して、ローレンは微笑んだ。

「今日は手紙を書こうと思っているから、シリウスさんは自由にして」

まるで恋人の戯れのようにこめかみにキスをしてくるシリウスに、ローレンはくすぐったそうに顔を綻ばせる。

「今日はベッドでのお遊びはお預けですか？」

こそばゆさに逃げるローレンに、シリウスは拗ねるように口を寄せてきた。これ以上はダメだとローレンは笑いながら彼の口元を手で押さえて、腕の中からするりと抜ける。

「先日、ヴァネッサ様に手紙を書いたでしょう？　ああいう手紙を他のご令嬢たちにも書こうと思って」

机の前に行き、抽斗から紙を取り出す。

まっさらな紙を見下ろして、ローレンはまた違う未来を夢見た。

「あの手紙を書いて思ったの。今まで貴族の当主たちに資金や物資の援助をお願いする手紙は書いたけれど、活動をしてみませんかと誘ったことはないって。たしかに、前はそれが憚られる状況だったから仕方がなかったのだけれども」

慈善活動をすることは、王の政策に背くこと。

そういう風潮があったときは、ローレンに手を貸すこと自体背信行為だと思われていた。けれども、王の態度が軟化した今ならば、呼びかけに応えてくれる人が現れるのではないだろうか。

「もし、手を差し伸べる数多くの令嬢がいてくれたら、人々は聖女を求めたりしない」

そうなったら、ローレンなど見向きもされなくなるだろう。

シリウスとこの国から逃げるまでの間、ローレンができることといえばその素地を作ることだけ。

どれほどの人の心に訴えかけられるか分からないが、やってみて損はないはずだ。

「最後の最後まで他人のことばかりですね、貴女は」

「……そうかしら。単に自分がすっきりと後腐れなくこの国を去りたいだけなのかもしれないわ」

ただ他人のためではなく、打算の上でやっていることかもしれないと示唆すると、シリウスは柔らかく微笑む。

「後腐れなく去る準備なら俺がすべて請け負いますのに」

シリウスはこの国から逃げ出すための準備を進めてくれているらしい。ローレンも同じ心持ちで動いていることが嬉しいのか、「頑張ってください」とまたこめかみにキスをして去っていく。

シリウスは、ローレンと情を交わしてからというもの、驚くほどに甘い。何かあるたびに顔のどこかにキスをして、隙があればくっついてくる。

成人した立派な男性、しかもあんなに背が高くて逞しい、精悍な顔つきの彼に対して可愛らしいと思うのは失礼だろうか。

いつもローレンを甘やかしてくれるけれど、ああやってぴったりとくっついてくる姿を見ていると微笑ましくなるのだ。……閨ではあんなに雄々しいのに。

不意に情事のときのシリウスの顔を思い出して頬を染める。

そしてあっという間に淫らな気持ちになって、下腹部が疼くのが分かった。

快楽に慣らされてしまった身体、新たな感情を植えつけられてしまった心、薄らいでいく理性。そしてどうしようもないほどの幸福感。

たとえ爛れていても、シリウスとの時間は尊いものだ。きっと、国を出たらそれが日常になっていくのだろう。

そのときを待っている。

シリウスがやってきて、「準備ができましたよ」と手を差し伸べてくれる日を。

羽ペンを走らせながら、ひたすらに夢見ていた。


エズラが行方をくらませてから五日後。

その日は、王太子との食事の予定が入っていて、久しぶりに外に出ることになっていた。

前日から父が「体調が悪かろうが何だろうが、引きずってでも食事会に連れて行く」と何度も念を押してきた。

憂鬱なのは以前からだが、今日はさらに気乗りがしない。

案の定、トルソーに着せられて差し出されたドレスは、予想通り露出の多いものだった。陰鬱とした気持ちで着替えさせられる。

少し気になったのが、シリウスが残す口づけの痕だ。これほど肌を見せる作りのドレスなのだから、痕があれば見えてしまうかもしれない。その旨を事前にシリウスには伝えていたが、どうなのだろう。

見える範囲にはそういったものはないようだが、如何せん情事の最中はそんなことを考える余裕はない。

あとでシリウスに確認してもらおうと考えていると、不意に着替えを手伝ってくれていた使用人が耳打ちしてきた。

「首の後ろに口づけの痕がついております。髪を結い上げますので、このままではどうしても見えてしまいます」

サッと青褪めて使用人を見る。

どう言い訳しようと頭の中で必死に考えた。

ところが、使用人は厳しい目を向けるどころか、すでに用意してくれていたのだろうチョーカーをそっと差し出してきた。

それをローレンの首につけてくれる。胸元が大きく広がっているドレスだから、チョーカーをしていても違和感はないだろうと言いながら。

「他言するつもりはありませんので、ご安心ください」

そう言って、また静かに手を動かし始めた使用人に、小さな声で「ありがとう」と伝えることしかできなかった。

城に足を踏み入れるときは、いつも針の筵（むしろ）に座るような気分になる。

ルドルフとの面会もさることながら、ローレンを見る周りの視線が気になって仕方がなかった。

ただでさえ噂の聖女がやってきたと、好奇心に溢れた目で見られる。

それに加えて、ルドルフの好みに合わせたドレス。聖女があんな格好をするとは、と嘲りの目もある。だが、その中に媚びるようなものが混じっているのも知っていた。

まだ公表されていないが、ローレンとルドルフの婚約はすでに城中に広まっていることだろう。父が吹聴したせいもあるが、もとよりこの手の噂は広まりやすい。

噂が広まるたびに、人々の態度が次々に変わる。

以前は敵意を向けていた人が急におもねり、ローレンに媚びるような姿を見ると、自分がいかに王太子妃に近づいているか分かって怖かった。皆がもて囃す言葉を聞くと、逃げ場がなくなっていくようで。だけど、今はもう。

少し後ろを歩くシリウスのブーツをちらりと盗み見る。本当は思い切り振り返って彼の顔を見たいが、余計な憶測を呼ぶだけだ。

自重して、彼のブーツでその存在を感じるしかなかった。

「今日は公式発表の日取りの話ができればいいな」

舞い上がる父はローレンに言う。日にちが決まれば、あとはそこに向かってひた走るだけなので、早くゴールを知りたいのだろう。

姿を現さないエズラを事実上クビにした父は、代わりにローレンの家庭教師を探しているようだ。花嫁修業のための教師を一刻も早く見つけて、ローレンを王太子妃として恥ずかしくない器量にまで育てたいのだろう。

今まで最低限の淑女教育は受けてきたが、それでも王太子妃となればまた違う教育が必要になってくる。

聖女と呼ばれる前は王の政策に反する者として爪弾きになっていたので、社交界にも顔を出していない。

いくら時間があっても足りないだろう。

だが、ローレンにとってはどうでもいいこと。

どれほど高等な教育を受けようとも、ローレンはシリウスとこの国を出る。結婚式を迎える日までにはふたり、手に手を取って。

違う思惑を抱えたふたりは、それぞれ重い足取りと軽い足取りで部屋に向かう。

――ところが、行き着いた先で見たのはどちらも想像もしていなかったことだった。

「よく来たな、エインズワース伯爵、……ローレン」

案内された部屋には、ルドルフだけがいた。てっきり国王夫妻も同席すると思っていただろう父は、若干戸惑いながらも挨拶をする。

しかも、食事会に呼ばれたはずなのに、食事が用意されていない。それだけで何かがおかしいと感じる。

ルドルフの顔は険しく、ローレンは部屋に入るのを躊躇った。

だが、そんなローレンの退路を断つかのように、ルドルフの従僕が扉を閉める。廊下で待機するシリウスの顔が、扉が閉まる直前に見えた。

父は機嫌を取るかのようにへらりと笑いながらルドルフに近づいていく。だが、媚びへつらいも効かないほどにルドルフは怒っていて、父も軽い態度を改めた。

「まずは座ってくれ」

ルドルフの硬い声に緊張を走らせながら、椅子に腰をかけた。

「王太子殿下、本日は、陛下はご一緒ではないのですか？　もしや、私たちに何か内密にお話があるのでしょうか？」

父も気が気ではないのだろう。ルドルフが放つ剣呑な雰囲気の理由は何なのか探りを入れている。

ルドルフは、顔を顰めて睨みつけてきた。

「お前たちに確かめたいことがある。エインズワース伯爵、返答によってはローレンとの婚約はなかったものにする」

「そんな！　な、何を突然……！」

ルドルフの言葉に父は青褪め、椅子から立ち上がる。心当たりがまったくない父にとっては青天の霹靂(へきれき)とも言えよう。

けれどもローレンは、ルドルフが何を言わんとしているのかが分かった。

嫌な予感で胸が騒ぐ。

今、婚約破棄されるとしたら、思い当たる理由はあれしかない。

震える手を握り締めた。

「ローレン、お前、あの護衛の男と密通しているらしいな」

予想通りの言葉がルドルフの口から飛び出してきて、いよいよローレンの心臓がドクドクと嫌な音を立てる。

……だが、いったいどうやってルドルフの耳に入ったのか。

着替えを手伝ってくれた使用人だろうか、それとも行方をくらませたエズラだろうか。

「……な、何をおっしゃいますか、殿下。ローレンと……あの護衛が？　そんなまさか、あり得ない……。誰ですか、そんなでたらめなことを言ってきたのは……」

だが、この場で誰よりも衝撃を受けているのは父だった。

その顔は色をなくし、今にも倒れてしまいそうなほどに身体が震えていた。

「ロブ・マッキンジムだ。あいつがローレンと、シリウスとかいう護衛の関係を私に知らせてきた」

「マッキンジム侯爵ですと⁉」

敵対しているマッキンジムが、こちらを貶めようとルドルフに嘘を吹き込んだ。そう思った父は、今度は顔を真っ赤にして憤る。

「そんな戯言、信じなさいますな！　あれは貴方と婚約したローレンが、ひいては私が目障りで中傷しただけのこと！　根も葉もない話でございますぞ！」

「そうは言ってもな、エインズワース伯爵。護衛とはいえ、四六時中行動をともにするのだ、男女が。何かがあっても不思議ではないだろう？」

肌に突き刺さるかのような視線でルドルフがローレンを見てきた。ただの疑いの目と言うよりはどこか面白がっているふうでもある。

期待のような、そんな色も見え隠れしていて、ローレンは居心地の悪さを感じた。

「だが、私も頭ごなしに決めつけるつもりはない。潔白であるのなら、それをローレンが証明すればいいだけのこと」

「も、もちろんでございます！　証明できます！　してみせますとも！」

ルドルフが見せた譲歩の姿勢に、父は勢いよく飛びつく。ローレンが不義を働いていないことを証明できるのであれば、何だってしてしそうな勢いだ。

そんなふたりのやり取りを見ながら、ローレンは努めて冷静でいようとゆっくりと深呼吸をしていた。

取り乱してはいけない、相手に翻弄されてはいけない。主導権を握られないよう、隙を見せてはいけない。

持つのは刃物ではないにしろ、言葉での応酬は命のやり取りと似ている。我を見失った方は弱点を晒してしまい、あっけなく倒されてしまう。

シリウスの姿を思い浮かべ自分を保つ。ルドルフが近くに来ても、怯えた姿を見せることはなかった。

「では、私がローレンの身体を検分してやろう。まだ清らかかどうか、確かめればいいことだろう？」

しっとりと湿り気がある手がローレンの肩に置かれる。まとわりつくような触り方に不快感を覚え思わず眉根を寄せた。

やはり、シリウスに触れられるのとは違う。ただ気持ち悪さしかない。

「……検分、ですか？　殿下自らが？」

「そうだ。私の伴侶となる女性の身体を、夫となる私自らが調べる。問題ないだろう？」

「ですが、婚約したとはいえ、嫁入り前の娘が肌を見せるなど……」

父はそこまで言いかけて、何かに気づいたかのように口を噤んだ。ルドルフは下卑た顔でニヤリと笑う。

「……分かりました。そうですな！　潔白を証明するにはそれしかありますまい！」

「そうだろう？　さすがエインズワース伯爵。話が早くて助かる」

上機嫌に笑うふたりの言葉を反芻して、ローレンはようやく彼らの意図に気づいた。

ルドルフは検分と名目をつけてローレンを手籠めにするつもりなのだろう。だから、ここに国王夫妻を呼ばなかった。

マッキンジムよりもたらされた話をこれ幸いと不義の疑いを吹っかけて、潔白を晴らすために縋るであろうこちらの態度を利用し、そのままローレンを美味しく頂戴するつもりなのだ。

父にとっても、それでことが丸く収まるのであれば万々歳。さらに言えば、ここでルドルフとローレンの既成事実を作ってしまえば、王太子妃への道は盤石。

願ったり叶ったりだ。だから、最初渋っていたにもかかわらず、サッと手のひらを返した。

「そうと決まれば、伯爵には他の部屋で待機していてもらおうか。あぁ、もしかすると、検分が長くなってしまうかもしれないな。こちらから馬車を出すので一旦帰ってもらった方がいいだろう」

勝手に決められていくローレンの処遇。

結婚まで待てないというルドルフの欲で、この身体を好き勝手にする理由を並べ立てる。これは致し方がないことなのだと嘯(うそぶ)いて。

「——必要ありません」

けれども、もうローレンはそれに流されるような人間ではなくなった。

首につけていたチョーカーを取り外し、ルドルフに見せつける。

うなじに残る口づけの痕を。

シリウスに愛された証を。

「これで十分でしょう。わざわざ検分などしなくても、私が他の男性と通じていたことは分かるはずです」

ローレンの冷静な言葉に、ルドルフの頬がヒクリと引き攣(つ)る。父は驚愕の面持ちで呆然(ぼうぜん)としていた。

「認めると言うのか」

「はい。今さら嘘を並べ立てたところで、真実は変わりません。……それに彼との愛を、たとえその場しのぎだとしても偽りたくはないのです」

シリウスへの愛が、今のローレンのたったひとつの真実。嘘なんかで濁らせたくない、大切なものだ。

「それ以上に、殿下にこの身体を好き勝手にされるのは我慢なりません」

睨みつけるように斜め上を見る。

まさかローレンが護衛と通じているなど、話には聞いていても信じてはいなかったのだろう。ルドルフは眉尻を吊り上げて、ローレンを罰するように摑んだ肩に指を食い込ませてきた。

だが、ローレンは痛がる素振りも見せず、怯える姿も見せずに毅然と対峙する。

「もし、無理やりその検分をなさるとおっしゃるのであれば、私は抵抗します」

「その細腕でか？」

敵うわけがないだろう？　とルドルフは小馬鹿にしたような目を向けてくる。

「ええ。たしかに私は力では敵いませんでしょうが、スカートの中に護身用の短剣を潜めております。殿下が私にこれ以上触れるおつもりなのであれば、それを使うまで」

「ローレン！」

物騒な言葉に、父が叫んだ。ルドルフもバッと肩から手を放して警戒を見せる。

「私のすべてはシリウス・リグビーという男のものです、殿下」

他の誰でもない、愛するあの人にしか自分に触れることを許さないのだと知らしめるように、ローレンは強く言い放った。

しばし時が止まったかのように静寂が流れる。

最初にそれを打ち破ったのは、ルドルフだった。

「……興が削がれた。もういい、帰れ。婚約は破棄だ」

面白くなさそうな顔をしながら、ルドルフは言い放った。

ローレンは、入れていた手の力を抜く。冷静に対応できたものの、内心では緊張が渦巻いていた。それを表に出すことなく終えられて安堵したのだろう。

だが、ホッとしたのも束の間。

「……っ」

ルドルフはローレンの結い上げた髪の毛を鷲掴みにし、自分の方へと引き寄せた。

耳元で、凄みを利かせた声を吐く。

「私をコケにしたことを後悔させてやるからな、ローレン。お前を犯しながら、その護衛の男を殺してやる」

まるで、呪いかと思えるほどに禍々(まがまが)しい言葉だった。

一国の王太子にしては随分と下品な言葉だ。その欲に塗れた本性をつい剝き出しにしてしまうほどに憤慨しているのだろう。

だが、そんな脅しはまったく意味をなさなかった。

「シリウスは、殿下が簡単に殺せるような男ではありません」

　彼は簡単に折れたりはしないと嘲ると、ルドルフはローレンを投げ捨てるように手を放す。

「申し訳ございません！　本当に……本当に……申し訳ございません、殿下。ローレンには私からきつく言い聞かせておきます故！　どうか、平にご容赦を！」

　ようやく我に返った父が駆け寄り、ルドルフに縋りつく。

　何かの間違いだ、気の迷いだと言い訳しながら、どうにか彼の怒りを収めようとしている。何が何でも婚約破棄だけは避けたい一心なのだろう。

「エインズワース伯爵、どうやらローレンは男を知って随分と変わってしまったようだ」

「最近は命を狙われ、何かと重圧の多い生活を送っておりました故、参っているのでしょう。次にお目にかかるときは、元のローレンに戻っておりますので」

「元の、か。人の口に戸は立てられないものだ。噂が広がれば、誰もお前の娘を聖女とは呼ばなくなるだろう。もう妃に迎える意味もない。……まぁ、腐っても聖女だ、幾通りにも使えるだろう。色気も増したようだしな。また後日呼んでやってもよい」

　まるで、癇癪を起こして言うことを聞かなくなった子どもの話をしているようだと、ローレンは鼻で笑う。「聖女」の使い道はこれだけではないと言い放つ口ぶりから、あくまでローレンを「聖女」として利用し尽くすつもりなのだと呆れてしまう。

　もうこちらはそのつもりはないのに。それなのに、そうであるのが当たり前だというように他人が勝手に話を進めるのだ。

「例の護衛は置いていけ。私が処分する」

そしてシリウスのことも、まるで物であるかのように扱う。

だが、言い方は酷いが、ルドルフの怒りはもっともだ。

婚約者を寝取られたのだから、間男に制裁を与えたいと思うのは当然のこと。何もしないのはルドルフの矜持が許さないだろう。

ただでは済まない。

——覚悟はできている。

シリウスは言った。ローレンが他の男のものになるのであれば殺してやると。そして自分も共に死ぬと。

あのままルドルフの慰み者になるくらいなら、ふたりの関係を公にしてしまった方がマシだった。シリウスもそう望んでくれているはずだ。

もし、このままふたりの道が永遠に分かれることになったとしても、それを甘んじて受け入れる。もう何をしたって消えることのない愛を胸に抱き、ローレンは差し出された運命と向き合うのだと。

ローレンが部屋を出ようとするのと同時に、扉の向こう側に両脇を衛兵に固められ待機していたシリウスが見えた。

ルドルフが合図をすると背を押されて部屋の中に入っていく。すれ違い様、ローレンはシリウスを真っ直ぐに見つめた。

「ごめんなさい、シリウスさん」

結局、ふたりで国を出るという夢は叶えられなかったと微笑みながら謝ると、彼もまた微笑みながらローレンの手を取る。

「何も問題ありません。あとはすべてお任せください、ローレン」

「……約束、忘れないで」

離れていく指先のぬくもりを惜しむように、最後まで彼の手を追う。

けれども、無情にも扉は閉められて、ふたりは隔絶されてしまった。

覚悟はできている。けれども、どうか彼が無事でいますようにと願わずにはいられなかった。

「……ローレン……お前」

扉を見つめたまま動けずにいると、突然腕をグイっと強い力で掴まれて無理やり父の方へと向かせられる。

目を丸くして驚いていると、頬に鋭い痛みと熱が襲ってきた。

パシンっと小気味いい音が廊下に響き渡る。

「この淫売が……！　まさかあの護衛に股を開いていたとは……！　お前は！　私の言うことを聞いていればいいと散々言ってきただろう！」

一回、また一回と、父の怒りの平手がローレンを襲う。最初は頬に入った手だったが、ローレンが自らを守るべく腕を上げて身を屈めたために腕や頭に痛みが襲ってきた。

「ふざけるな！　お前ごときが、私の邪魔をするなど許されるはずがない！　娘など良縁を結ぶ以外に使い道がないというのに、それすらもまともにできんのか！　この役立たずが！」

罵詈雑言（ばりぞうごん）が止まらない。いつもなら周りの目を気にする父も、今回ばかりは頭に血が上ってそれどころではないのだろう。目が血走り、理性を失っている。

ローレンは敢えてその怒りを黙って受けていた。今ここで何を言っても、さらに怒りを買うだけに終わるだろう。

「おやおや、怖いですね」

再度手を振り上げたとき、横から笑い交じりの声が飛んできた。父はハッと正気を取り戻し振り返る。

だがそこにいる人物を認めた瞬間、憎悪の炎が燃え上がり飛びかかりそうな勢いで叫んだ。

「レイフ・マッキンジム……！」

まるで火に油を注ぐような登場に、ローレンも息を呑む。

レイフはクスクスと笑いながらこちらにやってきて、振り上げた父の手を取った。

「こんな誰が通るとも分からない城の中で醜態を晒すなど、エインズワース伯爵らしくない。さぁ、ゆっくりと呼吸をして、落ち着いてください」

「う、うるさい！」

レイフの態度が癪に障ったのだろう。父は摑まれた手を振り払い後退る。警戒心を剝き出しにした父の態度が面白いのか、レイフの笑みは消えることはなかった。

「私たちを笑いにきたのか、マッキンジム！」

「何か笑われるようなことをされたのですか？」

「ふざけるな！　お前とお前の父親がすべて企んでいたのだろう！　ローレンを王太子妃候補から引きずり下ろすために！　私を宰相候補から外すために！」

レイフの胸倉を摑もうとして、近くにいた衛兵に止められる。それでも気が収まらない父は、何度も吠えてはレイフを責めていた。

「さぁ、何のことやら。父は何かしたのかもしれませんが、僕には心当たりがないので何とも。でも、大変そうですね。心中お察し致します」

だが、父の怒りなどどこ吹く風。それどころか煽るようなことを言って、まったく心の篭もっていない言葉で労ってくる。

真っ赤になって睨みつけてくる父に顔を近づけたレイフは、嬉しそうに微笑んだ。

「先日、エインズワース伯爵が僕に嬉しい報せを教えてくれたでしょう？　僕もね、実は今日とっても嬉しいことがあったんです。聞きたいですか？」

「誰が聞くか！　馬鹿にしおって！」

父が叫びながら手を上げると、レイフはそれをひょいと避ける。

もうここにはいられないとばかりに「帰るぞ！」と叫んだ父は、さっさと去っていく。

ローレンもそれに続こうとしたが、不意に手を掴まれる。

――レイフだ。

「……何か？」

振り返り肩越しに聞くと、彼はゆっくりと手を放した。

「いえ、……貴女に何か言葉をかけようと思ったのですが、いざそのときになると出てこなくて。すみません、引き留めて」

気にしないでください。そう言うレイフの笑みはどこか儚げで、勝ちを誇っているようには見えなかった。

「ローレン！」

戻ってきた父がローレンの肘を掴む。強い力でグイグイと引っ張り、早く帰るぞと恫喝してくる。

先ほどまでの騒ぎようから打って変わって大人しくなった父は、城の中を歩く間怖いくらいに静かだった。ただ、ローレンの歩が遅くなると罰するかのように肘を引っ張り睨みつけてきたので、怒りは冷めてはいないのだろう。

父は馬車に乗り人目がなくなった途端に怒鳴りつけてきた。

もちろん、先ほどの続きのような罵詈雑言だ。言っても言い尽くせないとばかりに、何度もローレンを愚かだと貶めては詰る。

叩かれないだけマシかと思って耐えていたのだが、話はおかしな方向へと向かっていった。

「あの護衛の男、あいつもマッキンジムの息がかかった者に違いない！　命を守る素振りを見せながら最初からそれが狙いだったのだろうな！」

シリウスが、マッキンジムの手の者。

ローレンはそれを聞いて、あぁ、そうか、その可能性もあるのかと冷静に受け止めた。

金に目がくらんだライオネルと同様、シリウスもまた同じ穴の狢なのだと貶められている。

そんなことはないと否定するべきなのだろう。

私はシリウスを信じていると叫ぶべきなのかもしれない。

でも、ふと心に浮かんだのは別の感情。

「お前は騙されたのだ！　まんまと騙されて穢された！　貴族の子女としてはもう価値のないものに堕とされてしまったんだ！」

父の話はなるほど妥当だと思える筋書きだ。

「あの護衛がお前に言っていただろう。『何も問題ない』と。あれはすべてマッキンジムの計画通りに進んでいるという皮肉が込められた台詞だ。どこまでも私たちを馬鹿にして……！」

お前は騙されたのだ。愛されているわけではない、ただ利用されただけだ。

父はローレンの愚かさを詰ると同時に、目を覚まさせようとしているのだろうか。しきりに愛は本物ではないと言ってきた。

それでも。

「私は構いません」

ローレンは、ただ首を静かに横に振る。

「まだあやつを信じているのか！　蒙昧な！」

「もちろん、シリウスさんを信じています。けれども信じているからこう言っているのではありません。――すべてを受け入れているからです」

愛する人が裏切っていたかもしれない。

でも大事なのは裏切られたかどうかではない。

シリウスがローレンに与えてくれたものがすべてなのだ。

「もしもシリウスさんに裏切られていたとしたら、私があの人の真実の愛を得られなかったというだけのこと。シリウスさんが与えてくれたものは、裏切られたからといって消えてしまうものではありませんから」

もし、シリウスがマッキンジムの手先なら、ローレンは「騙された愚かで憐れな女」だと世間は見るのだろう。

だが、ローレンはそうではないと思うのだ。

「シリウスさんの愛がたとえ偽りだったとしても、こうして彼のおかげで作られた今の私を誇りに思うわ」

シリウスがいなければ、自分を誇ることなどなかっただろう。自分自身を好きになることもなかった。

彼がいたから、シリウスがローレンの心の内をとことんまで暴いて、そして醜い自分を認めてくれたから、聖女ではない「ただのローレン」でもいいのだと思えるようになった。

肩書がなければ価値がないと思い込んだり、周りが望む人間でいようとする重圧から解放された。今は、自分がこうありたいと望む人間になれたし、本当に大切な人に望まれる自分でいたいと思える。

シリウスへの愛は変わらずこの胸の中に息づいているし、彼と過ごした時間は色褪せない。与えられたもの以上をさらに望むことなどできようか。

ここにいる「ローレン」という女がすべて。

シリウスがかりそめでも愛してくれた結果がここにいる。

「……話にならん」

理解できないと、呆れたように父は言う。

洗脳されたか、はたまた狂ってしまったかと考えている父は、まだ軌道修正できると思っているのだろう、「また一から教え込む必要があるな」と独り言ちていた。

「お前が男に穢された事実は変わらん。ならば、次の手を打つまでよ」

あぁ、まただ。また、父はローレンを聖女として搾取しようとしている。ニヤリと浮かべた下卑た笑みは、先ほどルドルフにローレンを渡そうとしたときにも見た。

　ここまできて宰相という野望を諦めない強欲さ、ローレンをとことんまで利用し尽くそうとする貪欲さが剝き出しになり、取り繕うこともしない。

「聖女と呼ばれたお前にはまだ利用価値がある。清らかではなくとも、むしろ男に穢されて淫売になった聖女を抱くことに喜びを見出す輩も世の中にはいるからな。お前を使って、登りつめることは十分可能だ」

　堕ちた聖女というのは、民衆の信頼を失ったとしても、また別の付加価値がつくのだという。ルドルフも、腐った聖女にも使い道があると言っていた。

　ライオネルも言っていた。ローレンの遺体を欲しがる人間がいると。

　かつて清らかで善の象徴だったローレンを辱めることで、興奮や満足感を抱く人間がいるのだろう。

　ローレンを欲の捌け口として貴族たちに売り込み、父は利益を得る。この短時間にそんな算段がついたのはさすがと言うべきか。

　人の欲には際限がない。

　欲の前では、血の繋がりに存在するはずの情など薄弱なのだ。

「自分の娘を娼婦にするおつもりですか」

「お前にはもうそれしか価値がない」

　それがどれほど非道なことかと非難したが、父は笑ってそれを一蹴した。

「まぁ、王太子殿下もお前が穢れたと知って憤りながらも興奮していたからな。愛人になれるかもしれんな……どちらにせよ、お前に残っている道はもはや他人の肉欲に塗れるものだろうよ」

屋敷に戻ると、父はローレンを自室ではなく、外にある物置に閉じ込めた。

自死を恐れたのだろう。スカートの中に隠し持っていた短剣を没収されて、地べたに座らされる。

「薄汚れたお前にはお似合いだ」

そこは食糧庫になっており、風通しがいいおかげで湿っぽくはないものの、土と埃の匂いで満ちていた。初秋の気温は夜になってもまだ過ごしやすく、露出の多いドレスを着たままでも寒い思いをせずに済んだ。

父の気が済むまで閉じ込められるのか、それとも処遇が決まるまでか。どちらにせよ、簡単に出ることはできないだろう。

(……シリウスさん、無事かしら)

自分がどうなるかも分からない状況だが、ローレンの頭にあるのは城に置いてきてしまった愛おしい人のこと。

ルドルフは処分をすると言っていた。ローレンを犯しながらシリウスを殺してやるとも。怒りのあまり吐き出した言葉だとしても、やはりただでは済まされないだろう。

だが、不思議と気持ちが凪いでいた。

きっと、再びローレンの前に現れてくれる。どれほどの歳月がかかろうとも、彼はローレンを救いにきてくれる。

　そして、約束通りローレンを殺してくれるに違いない。

　このまま他の男性に抱かれても、欲に塗れた精を身体の中に何度注がれても、シリウスがそんなローレンを救ってくれるのだ。

　たとえ泥に塗れても、地べたを這いずり回って踏まれても。それでも、貴方への愛を胸に自分らしく生きて、最期に貴方に殺されるのであればどれほど幸せだろう。

　魂すらも食らわれて、シリウスの一部になれたのなら。

　――他人のためではなく、自分のために生きたのだと言える。

　最後に、どうしようもない愛に生きた女がいた証を、シリウスの中に残せるのだ。

　怖くない。あの約束がある限り。

　待っているから、できるだけ早く。

「殺しにきて……」


　積まれた麻袋に寄りかかりながら、いつの間にか眠ってしまっていたらしい。

　目を開けると、目の前には暗闇が広がっていた。

　窓もない物置は、夜になれば驚くほどに真っ暗だった。唯一の光源と言えば、板張りの壁の隙間から漏れる月明かりだけ。

　最初自分がどこにいるのかを忘れてしまっていたローレンは慌てたが、ここが小屋だとようやく思い出して落ち着きを取り戻した。

喉の渇きを自覚して何か貰えないだろうかと立ち上がろうとしたところで、ドンッ！

と扉を叩く音が聞こえてきた。

物騒な音に、ローレンの肩が震える。

だがすぐにシリウスが来てくれたのかもしれないと希望を持った。

内側から扉を開けられないローレンは、音の正体が分かるのをじりじりしながら待つ。

すると、外錠が外され、扉が軋みながらゆっくりと開かれた。

「……お父様」

シリウスではないことに落胆する。

気まぐれで出してくれる気になったのだろうか、それとも腹の虫が収まらずに再び詰りにきたのか。

ローレンは入り口に佇む父の様子を窺う。

ところが、彼は何を言うわけでもなく、こちらに歩いてくるわけでもなく、ただそこに立っていた。

月の光を背にしているため、表情が見えない。けれども、異様な光景に不気味さを感じる。迂闊に近寄ることもできずに、小さく距離を取った。

「……お父様？」

再度声をかける。何かあったのかと。

すると、父は口を開いたのか、ひゅう……と息を吸う音が聞こえてきた。

「……どうして……何故、こんなことに……」

声が可哀想なほどに震えていた。掠れてよく聞こえない箇所もあり、耳を澄ませてみたが要領を得ない。

ローレンは徐々に怖くなってきた。

「さぁ、エインズワース伯爵、中へ入ってください」

聞こえてきたもうひとつの声にハッとする。

目を凝らすと、ゆっくりと扉の陰からその姿が現れた。

「シリウスさん！」

会いたくて堪らなかった愛おしい人がいて、ローレンは言葉とともにぽろりと涙を零す。

無事な姿で現れてくれた喜びと。

いろんな感情がない交ぜになって、身も世もなく泣き叫びたくなった。

だが、シリウスの方は再びローレンに会えたことを喜んでいると視線で訴えるものの、どこか剣呑な態度を崩さない。父も相変わらず様子がおかしい。

どうしたことかと、困惑しながらふたりを見つめた。

後ろからせっつかれた父は、ゆらりと身体を揺らして歩き出す。ぶつぶつと何かを呟き、俯きながら。

足に力が入っていないのか、ときおり縺れながらローレンのもとに寄ってきた。

そして、ローレンの足元に崩れるように膝を突き、ドレスのスカートを摑んでくる。縋るように、助けを求めるように。

バッとこちらを見上げた父は、見たこともない形相をしていた。目を見開き、口が戦慄(わなな)いている。顔が真っ白に見えた。

「……ロー……レン」

「……お父様？」

「……お前が、この男と一緒にいるために企んだのか……？　もとより、エインズワースだけではなく、マッキンジムも潰そうと……？　……そうなのか？」

目の焦点が合っていない。正気を失ったかのように、「お前か？」と繰り返す父にゾクリと悪寒が走った。

「……は、放して……お父様」

「お前がエズラをけしかけたんだろう！」

父は叫ぶ。わけが分からない言葉でローレンを責め立ててきた。

「伯爵」

だが、シリウスの冷ややかな声が父を制した途端、「ひっ」と悲鳴を上げてローレンのスカートから手を離した。

まるで、彼を恐れているよう。ふたりの間に何があったのか。

ローレンがどういうことかとシリウスに目を向けると、彼はいつものように静かに微笑む。

「迎えにきましたよ、ローレン。遅くなりまして、申し訳ございません。少々準備に手間取りまして」

「いいの。シリウスさんがここに来てくれただけで、私は嬉しい。迎えにきてくれたとしても、殺しにきてくれたとしても、それでも」

今ここにいることがすべて。遅くなろうが何だろうが些末なことだ。

手をそっと前に差し出して、シリウスに抱きつこうとした。だが、父の手前それも憚（はばか）られて、すぐに引っ込める。

そんなローレンを見て、シリウスがクスリと笑ったような気がした。

「貴女を殺したりはしません。もう俺のものですからね。これからふたりだけの暮らしが始まるのに、貴女がいなければ幸せも何もなくなってしまう」

そう言ってもらえて嬉しかった。

ただ純粋にローレンを迎えにきてくれたのだと思うと、またその胸の中に飛び込みたくなって仕方がない。

「ですが、その前にやるべきことをしなければ。……そうですよね、伯爵」

すると、シリウスは父に話の矛先を向けて何かを確認してきた。父は顔を青くして何度も頷く。

「約束、しっかりと果たしてください」

「……わ、分かっている」

震えた声でそう答えた父は、膝に手を突いてローレンに向かって頭を下げた。

しっかりと頭頂部を見せて。

ローレンに向かって頭を下げたのだ。

「……すまなかった……ローレン」

それどころか顔を歪めながらも、懸命に謝罪の言葉を口にした。あの父がだ。

それだけも十分屈辱的な状況だ。さらにシリウスがしゃがみ込んで父の顔を横から覗き見ては、冷たい笑みを浮かべて静かな声で命じる。

「まさか、それだけで終わりではないでしょう？　何に対して謝っているのか、自分の罪をつまびらかにしながら誠心誠意、ローレンに謝罪するという約束です。お忘れですか？」

「もちろん覚えている！　だ、だから……！」

「ええ、そうですね。では、約束通りにお願いします」

怯えている。父が、シリウスに。

先ほどよりもさらに低く頭を下げ、絞り出すような声で改めて謝罪を口にする父を見下ろしながら、ローレンは息を呑んだ。

「……申し訳なかった、ローレン。今までお前を私の政治の道具にして。聖女であることを強要し私の理想を押しつけ、あまつさえ……しょ、娼婦のような扱いをしようとしてしまった私を……許してほしい」

思いがけない父からの謝罪。

だがこれは明らかにシリウスに強要されたものだろう。

「……シリウスさん、これは……」

「謝罪です。貴女の御父上がどうしても貴女に謝りたいとおっしゃいまして」

「謝罪は、本人が心の底から贖罪の気持ちを持ったときにするものだと思うの。強要しては、意味がないわ」

形だけの謝罪に何の意味があるのだろう。

ローレンは、無理やり頭を下げさせられている父を見下ろしながら、どう答えるべきかと悩んだ。

シリウスはスッと立ち上がり、ローレンの目の前に立つ。そして、両手で顔をすくい上げて、漆黒の瞳で覗き込んできた。

「いいえ、必要です。形だけでも、自らの罪を認めさせることは必要だ。彼らは自分たちの罪を自覚していない。いや、当然だとさえ思っている。そういう輩に知らしめるには、こうするのが一番なのですよ」

「……彼、ら？」

父と、そして誰なのだろう。シリウスが言う「彼ら」とは。

ローレンは瞬き、彼の答えを待つ。

シリウスはフッと視線を横に逸らし眉根を寄せた。

「権力者たちですよ。奴らは、暴利をむさぼることを当然の権利だと思っている。……自分の子どもすらも搾取の対象だ」

そして、口元にフッと笑みを浮かべると、再びこちらを見る。

「伯爵、最後にローレンに言うことがあるはずです」

父に視線を向けることもせず、ローレンの瞳を見つめながら命令する。

ぐぅ……と呻るような声が聞こえてきて、父はローレンの足元ではっきりとした声で告げた。

「――お前を解放する。もう……好きに生きるがいい」

ようやく。

ようやく、シリウスがここまでさせたことの意味を知る。

彼は本当の意味でローレンを解放してくれたのだ。父から、聖女から。

そのためにわざわざ父をここに連れてきて、無理やりにでも謝罪をさせてこの言葉を引き出した。

心の中でずっと聞きたいと願っていた言葉を。

「……シリウス……さん」

後腐れなく去る準備なら自分がすべて請け負う。彼はたしかにそう言っていた。

そのときは逃げる方法や、後片づけの話だと思っていた。けれども、本当の意味でローレンが心置きなく国を去れるようにしてくれたのだ。

少々手荒いやり方だが、そうでもしなければ父からこの言葉を引き出すことなどできなかっただろう。

ローレンはシリウスのその気持ちを受け取り強く頷くと、父の方を振り向いた。

「……お父様のお言葉、受け取りました。おっしゃる通り、これからは自由に生きていきます。シリウスさんと一緒にこの国を出ます」

「……くそっ」

父はやはり不本意なのだろう。顔を歪めて汚い言葉を吐く。

つい癖で「申し訳ございません」と口にしてしまいそうだったが、懸命にそれを呑み込んだ。もう謝る必要などないのだろう。

もうローレンは自由だ。父も国も、縛ることができない。

シリウスだけを見て、好きに生きることができるのだ。

「ありがとう、シリウスさん」

彼の方に向き直り、ローレンはようやく彼の胸の中に飛び込んだ。やはりシリウスの腕の中が一番安心できて、息ができる。

自分の居場所はここしかないのだと再確認する瞬間でもあった。

シリウスもローレンの身体を抱き締めて気持ちを返してくれる。

もう離れたくないと強く願った。

「うわぁぁぁぁぁぁっ！」

だが、父が突然叫び出した。

「この護衛がお前をおかしくしたのだと思っていたが、元凶はお前だ！　お前だったのだ！　ローレン！　――皆を狂わせる毒婦めぇぇっ！」

驚いて振り返ると、父が近くにあったスコップを手に取っているのが見える。

ローレンは、父がこちらに危害を加えようとしていることに気づいた。

「シリウスさん、危ない！」

咄嗟に彼を庇おうとした。

ところが、ローレンが動く前に後頭部に手を回されて、グイっと彼の逞しい胸に押しつけられる。

視界いっぱいに黒い服が映り込んだ瞬間、悲鳴が聞こえてきた。

父の声だ。

今父の身に何が起こっているのか。それを悟ったローレンは静かに目を閉じる。

ドスン、と大きな音を立てて床に倒れたであろう父の姿を、直視する勇気はなかった。

「……申し訳ございません、ローレン」

「いいの」

「貴女を守ろうとして咄嗟に……おそらくは、もう……」

「分かっているわ。大丈夫、分かっている」

シリウスは悪くない。武器を持ち、襲ってきた父が悪いのだ。

その手に凶器を持てば返り討ちに遭うことなど往々にしてある。こうなってしまったのは当然の結果だった。

だから、シリウスを責めることはできない。謝る必要だってなかった。

彼は、父から言われた通り、ローレンを守ったのだから。

父を喪った悲しみがわずかに胸を刺すが、もうローレンにとってそこに転がっている骸は父でも何でもなかった。

己の欲のために娘をとことんまで利用し尽くそうとした、男のなれの果て。

自分は大丈夫だと、シリウスの首に抱きついた。

「ローレン、これから後始末をします。だから、貴女は外の馬車で待っていてもらえますか？」

彼がローレンの背中を擦りながら聞いてきた。ローレンは顔を上げて首を傾げる。

「後始末とは、どのような？」

聞けば、自分たちふたりの死を偽装するのだという。

「その方が逃げやすいでしょうし、貴女は二度と誰からも聖女として利用されなくなる」

「貴方も死んだふりをするの？」

「ええ。真実味があるでしょう？　聖女と通じた男とエインズワース伯爵、そして聖女。三人がいっぺんに亡くなれば、皆好きなようにストーリーを仕立てるでしょう」

娘を穢されたエインズワース伯爵が、相手の男を殺した上で娘と無理心中。

こんなところが妥当だろうとシリウスは説明してくれた。

「男女の遺体を用意してあります。安心してください、身元不明ですでに亡くなっている人たちです。小屋ごと焼いてしまえば、誰だか判別することは容易ではないでしょう。姿を消した俺たちの遺体だと皆思う」

彼は逃げるためにいろいろと準備をしてくれていたようだ。

「ですので、ローレンは馬車の中で……」

「いいえ、私も一緒に」

もう一度休めと言われる前に、ローレンは自分の気持ちを口にした。

何もせずにただ休んでいることなどできない。

「私たち、共犯でしょう？　私も一緒に罪を背負います」

ひとりだけで何もかも抱え込むなんて、そんな寂しいことをしないでほしい。

シリウスの罪を分かち合いたい。彼のすべてになりたいと願う気持ちは生半可ではない。

それこそ、すべてにおいてローレンも関わっていきたいのだ。

彼が犯す罪にすらも。

「……分かりました。では、一緒に」

シリウスは額にキスをしてそれを許してくれる。

こちらを見下ろすその顔は、どことなく嬉しそうだった。

屋敷の裏に停められていた荷馬車に乗せられていた男女の遺体を、シリウスが小屋まで運んできた。その間、ローレンはドレスを脱ぐ。

シリウスが我慢ならないのだそうだ。ルドルフのために用意されたドレスをいつまでもローレンが着ていることに。「このまま一緒に燃やしましょう」と言ったとき、目は笑ってはいなかった。

用意がいいことに替えのドレスを渡され、それに着替えていると、小屋の中に三体の遺体が並ぶ。

ローレンはしゃがみ込み、自分たちの代わりになってくれる男女の遺体に手を当てた。

「ごめんなさい」

そう一言だけ謝罪をすると立ち上がり、後ろは振り返らなかった。シリウスが遺体の上に油を撒き、小屋を出る。

マッチを取り出したシリウスに手を差し出すと、彼はローレンの手の上にそれを置いてくれた。

「お屋敷に火が燃え移ったりするかしら」

「今日は無風ですし、小屋からは距離があります。燃え移る前に気づいて、屋敷の者が逃げる時間は十分にあるでしょう」

「よかった」

スッとマッチを擦り、火を点ける。シリウスがそれを受け取ると、中に投げ入れて油に火が点いたのを見届け、扉を閉めた。

すぐに油が焼ける臭いが鼻腔をくすぐってくる。ローレンはシリウスに手を伸ばし、彼の手を握り締めた。

シリウスがそっと頭を寄せる。

「幸せになりましょうね、ローレン」

燃え上がる炎を見つめながら、ローレンは幸せそうに頷いた。

第六章

——数時間前。


「……約束、忘れないで」

ローレンの鈴を転がすような声が耳を撫でた。

返事をする間もなく扉を閉められてしまったが、シリウスは振り返り、扉の向こうにいる彼女に向けて言った。

「もちろんですよ」

おそらくローレンには届いていないだろう。だが、それでもよかった。

彼女はこちらの返事を聞かなくても、シリウスが何と返事をするか知っている。

「シリウス・リグビーといったか、お前。何故捕らえられたか……理由は分かっているのだろう？」

衛兵に背中を押されたシリウスを、ルドルフが睨みつける。婚約者を寝取られた憐れな男はどこまでも虚勢を張りたいのだろう。合図をして、衛兵にシリウスを跪かせた。

睥睨する彼の瞳は、憤怒の炎で燃えている。

「言い訳があるなら聞いてやる。あったところで私がお前を罰することには変わりはないがな。まだ殺しはしない。……いたぶるだけいたぶって、お前の前でローレンを犯してやる！」

そうすることで惨めな自分を優位な立場に持ち上げ、悦びを得るのだろう。

妄想しているのか、ルドルフは勃起していた。前を硬くして、シリウスに向けて足を振り下ろす。

「お前ごときが！　私のものに手を出すとは畏れ多いぞ！」

シリウスの頭を踏み、蹴りを入れてくる。シリウスはそれを大人しく受け入れていた。

気が大きくなったのかルドルフはしゃがみ込んでこちらを覗き込む。

黒い前髪を鷲掴みにして、情けない顔を拝んでやろう。そう思っていたのかもしれない。

だが、ルドルフの手がこちらに触れる前に、シリウスは動いた。

腕を振り上げ、左右から肩を押さえてシリウスを拘束していた衛兵の顎の下に思い切り肘を入れる。脳を揺らされた衛兵たちは、白目を剝いて後ろに倒れ込んだ。

「……ひっ！」

一気に形勢が逆転したと悟ったのだろう。ルドルフは無様に悲鳴を上げて顔を引き攣らせていた。

所詮人の力の上で胡坐を搔いて威張ることしかできない小心者だ。

シリウスにとっては敵ではない。狩るべき獲物。

こちらがのっそりと立ち上がると、ルドルフは腰を抜かして後ろにひっくり返った。尻もちをついた彼は、怯えの色を見せながら後退る。

「お、お前、こんなことしていいと思って……！」

虫けらのこんな顔を見るのは、本当に胸がすく。

生まれ持った地位と金があるだけで強いと勘違いしている連中の驚愕する顔、格下だと思っていた相手に逆襲されると分かったときに見せる怯えの顔。

威勢よく動く虫を、思い切り踏み潰す。それに似た爽快感を得ることができた。

「気が済みましたか？　殿下」

にじり寄ると、彼は情けない声を上げる。

恥ずかしげもなく興奮して粗末なものを勃たせていたくせに、今は可哀想なくらいに縮み上がっていた。

まったく、そんな薄汚いものをローレンの中に挿入れようとしていたと思うと業腹だ。いっそのこと潰してしまおうかと、股間の上にブーツを置いた。

「ひぃっ！」

「先ほど、ローレンを『私のもの』とおっしゃいましたね。まだお分かりになられない頭の悪い貴方に教えて差し上げます」

グリグリとそこをすり潰すかのように踏みつける。醜いルドルフの叫び声が、部屋中に響いた。

「ローレンは俺のものです。俺だけが彼女を抱き、俺だけが彼女に微笑みかけられ、俺だけが彼女の愛を得られる。他の誰でもない、俺だけのものです。勝手に自分のものだと言うのは、分不相応にもほどがありますよ」

やれやれと呆れた声を出しながらも、なおもルドルフの急所を踏みつけ続けた。

「このまま、コレ、潰して差し上げましょうか」

「……や、やめっ」

「いらないでしょう。ローレンに使おうとしていたこんな薄汚いもの、二度と使えないようにしてしまった方がいいのでは？」

「ひぃぃぃっ」

グッと力を込めて押し潰す。

このまま一気に踏み抜いてしまおうと思った。

「ダメだよ、シリウス。そんなモノでも一応必要だから。残しておかなきゃ」

だが、ふいにかけられた声に思わず舌打ちをする。

たしかにこんなモノではあるが、彼にとっては必要なものかと、しかたなしに足を離した。

シリウスは溜息を吐きながらその人物を見遣り、ルドルフは驚いた顔で見る。

「……レ、レイフ？」

素っ頓狂な声を上げレイフの登場に目を丸くしたルドルフは、助けが来てくれたと安堵の目を向けていた。

しかし、そんな彼を無視してシリウスへと足を向けたレイフは、気安い態度で話しかけてきた。

「ローレン様のことで頭にきて潰したくなる気持ちも分かるけどね、こちらの事情も汲んでくれないと。今後もその人の子種だけは必要になるんだから」

「遅くなったお前が悪い」

「ごめんよ。ちょっといろいろと手間取ってね。君が用意してくれたアレがなかなか上手く動いてくれなくて。使う薬間違えたんじゃない？」

悪気はないのだと言うレイフにこれ以上責める言葉は無駄だと察して、シリウスは口を閉じる。彼なりに慣れないことをやって苦労したのだろう。

そんなふたりのやり取りを目の前で聞いていたルドルフは、ポカンとした顔で呟いた。

「……レイフ……お前、私を助けにきてくれたのではないのか……？」

一介の護衛であるはずのシリウスが、侯爵家の嫡男であるレイフに対して随分と馴れ馴れしい言葉を使うこと、それをレイフが許していること。

彼にとっては何もかもが驚くべきことなのだろう。

シリウスは自分が説明するのは面倒だとレイフに視線を送ると、彼は心得たと頷き、ルドルフの目の前にしゃがみ込んだ。

「すみませんね、殿下。実は今日お伺いしたのは、あることを報せるためなのですよ」

「報せ……？」

「ええ、そうです。マッキンジム家の当主である我が父ロブ・マッキンジムが先ほど身罷りました」

「何っ!?」

突然知らされた訃報に、ルドルフの目が大きく開かれる。しかも、息子であるはずの男は、至極明るい顔でそれを伝えにきた。悲しむ様子は微塵もない。

「馬車に乗っている最中に襲われましてね。残念ながら父は犠牲に。犯人はエインズワース伯爵のところのエズラという男です。知っていますか？　よくローレン様にくっついて回っている男なのですが」

「あ、あぁ……知っているが……何故、その男が……」

「さぁ？　大方、主人への忠義心が行きすぎたのでは？　そういえば、エインズワース伯爵に命令されたとも言っていたかなぁ。どちらにせよもうエズラが正気ではなくて」

まともに会話もできないんですよとレイフは笑った。

「それでまぁ、マッキンジム家としては、エインズワース家に然るべき責任を取っていただきたく、正式に申し出をするつもりです。本当に伯爵がエズラに命令したのかもはっきりさせ、責任の所在を明らかにしなくては」

「……そうか、それはその通りだな」

被害者の息子としては当然のことだとルドルフは頷く。

当主が殺されて黙っている貴族はいない。しかも宰相候補とまで言われた人物だ、周囲の人間はその死を惜しみ、手にかけた犯人に対して憤るだろう。

「エインズワース伯爵はおしまいでしょう。殺人の嫌疑をかけられた者を陛下は起用しない。……いいえ、させません。さらに聖女としては穢れてしまったローレン様の人気を利用することもできなくなりそうですしね。これで今挙げられている宰相候補は誰もいなくなった」

だが、レイフの目的はそこにはない。

「でも、ご安心ください。僕が宰相候補として名乗りを上げます。亡き父の悲願を叶えるために立ち上がった……とお涙ちょうだいの話をすれば、皆賛同してくれるでしょう」

最初からそれだけを望み、それだけを願いここにいる。

それはまた、思いは違えどもシリウスも望んだ結果だった。

「陛下も高齢だ。あのブクブクと肥えた身体である上に好色。そろそろ腹上死……なんてこともありそうですよね。そうなったら、ルドルフ殿下、貴方がこの国を治めるわけだ。そのお手伝いを僕にさせていただければと思っております」

「お前が……？」

「ええ、陛下も僕を宰相に選んでくださるはずです。そのために、あの汚らわしいものを咥え込んだのですから」

ニコリと微笑んだレイフはスッと立ち上がり、片足を上げる。

「いたっ！」

ルドルフの胸を蹴って押し倒すと、レイフは彼の肩を踏みつけた。また足蹴にされたルドルフは震えながら「やめてくれ」と懇願する。

「貴方、弄んだ女性の中に、隣国の将軍の娘もいたそうではないですか」

「ひっ！　な、何でそれを……！」

誰も知るはずもない秘密だとルドルフは高を括っていたのだろう。

隣国の式典に招かれた際、随分と遊んだそうだ。偽名を使い素性を隠し、数多の女性と関係を持った。

ところが、その中に魔神とも恐れられている将軍の娘がいた。

彼女は身籠もり、娘を溺愛していた将軍は相手の男を血眼になって捜している。

「僕が貴方のことを将軍の耳に入れたら……きっと、ルドルフ様は五体満足ではいられなくなるでしょうね」

隣国は軍事力を誇る大国。何としてでも敵には回したくないはずだ。それに、彼の将軍は自分の首をかけてでも、娘を疵物にした男に制裁を加えるだろう。

聞き及ぶ将軍の噂は、どれを聞いても震え上がるものばかり。ルドルフは国に戻ったのだから見つからないと思っていたのだろうが、素性がバレてしまえば話は別だ。

自分がどれほど大変な秘密をレイフに握られたのかを知って、恐怖で目の焦点が合わなくなっていた。

「脈々と王家の血に受け継がれている好色を矯正し、貴方を善き王に導けるのはこの僕しかいない。もちろん、貴方の命をも脅かす秘密を握っているのも、僕だけ。……意味、分かりますね？」

「……た、たすっ」

「これからは厳しく管理をさせていただきますからね、殿下。陛下のような色欲に狂うようなことはさせません。そこら中に種を蒔くような真似はさせず、しかるべき女性を伴侶としてちゃんと迎えてあげます。もちろん、ローレン様ではありません。彼女は……」

レイフがこちらを振り返り、口元を緩める。

「——弟の大切な人ですからね」

シリウスもまた、つられるようにクスリと微笑む。

「弟」なんて呼ばれたのは、生まれて初めてだ。

最初で最後の兄弟としての会話。もう二度とそう呼ばれることも、彼を「兄」と呼ぶこともないだろう。

たった一度の共闘。

たった一度の兄弟としての邂逅。

——シリウスは、ロブ・マッキンジムの子として生まれながらも、その存在を長年認められずに利用された、日陰の存在だった。

父はロブ・マッキンジム、母は彼の屋敷に勤める使用人のひとりだった。

よく聞く話だ。屋敷の当主が気まぐれに使用人に手を出し、そして子どもができてしまうという醜聞は。

ご多分に漏れず、母は父の子を身籠もり、屋敷を追い出された。

身重の身体を引きずりながらようやく見つけた勤め先の宿。そこで母がたったひとりで産んだ子ども、それがシリウスだ。

ひたむきで健気で、地に足をつけて生きようとする人……だったらしい。

母のことなのに人づてなのは、産前産後の無理がたたったせいで母は若くして儚くなったからだ。シリウスが二歳になる前のことだそうだ。

宿屋の主人夫婦がしばらく育ててくれたのだが、王都の宿屋は客がひっきりなしだ。衣食住の最低限だけを与えられて、あとはほぼ放置だった。

そのせいか、口数が少なく表情も乏しくなった。宿屋の主人曰く「可愛げのない子ども」だそうだ。

夫妻は、年端も行かぬ子どもにさせるには酷な用事も押しつけてくる。使い勝手のいい小間使いとでも思っていたのだろう。

それでも、従順でいることが上手な生き方だと学んだシリウスは、黙々と従っていた。

十歳の冬、ある男がやってくる。

シリウスの父の使いだと名乗った男は、父がシリウスとの面会を望んでいると言う。まさか十年経って父親が現れるなど、思ってもいない展開だった。

ロブ・マッキンジムという男は、人当たりのいい柔和な顔をしてシリウスを迎え入れてくれた。面会の場所は自邸ではなく別荘のような場所だったので、会いたいと願ってはいるが、関係を公にするつもりはないのだと悟る。

口数が少ない分、人を観察して機微を見分ける術を身につけていたシリウスは、さて人好きのする顔の下に父はどんな一面を持っているのかと目を細めた。

愛人を身ひとつで放り出すような人だ、たとえ人当たりがよくても性根はどうなのか分かったものではない。

「本当に今まで申し訳なかったね。苦労をかけた」

父はシリウスがどう育ってきたかを知ると、悲しげな顔で謝ってきた。母から妊娠を打ち明けられたとき、ひとりで産ませるようなことはしたくないと思っていたと。

ところが父の妻に母の妊娠を知られてしまい、妻の怒りを恐れた母は父に内緒で出て行き、行方が分からなくなってしまったのだと言う。

「一度だけ手紙を貰ったことがある。そこには子どもは流産してしまったことと、いつか三人で家族として過ごせる日を夢見ていたけれど、叶わなくて残念だと書かれてあったよ」

　母は何故か嘘を吐いて、シリウスの存在を隠したらしい。

　だが父はある伝手から、実は母が出産していたことを知る。

　それで必死になって捜し、シリウスを連れてこさせた。

「それで、俺に会って貴方はどうしたいのですか？　ただ、息子の顔を確認したいだけですか」

　それならばとんだ無駄な時間を過ごしたものだとシリウスは呆れた。

　知らなくても生きていける。何ら障害もなかった。父の顔など今さら知ったところで何の得になろうか、と。

　ところが、父は言う。

「君と家族になりたい」

　十年も会っていなかった息子にそう嘯くのだ。

「手紙で君の母親が望んだように、家族で過ごしたいと思っている。そう願った人はもういないけれど、でも、私たちだけでもその願いは叶えられるのではないかと思ってね」

　罪悪感にしても義務感にしても、その申し出はあまりにも今さらすぎる。

　それにこの人が言っていることも本当か怪しいものだ。

「母はどうして貴方と家族になりたいと願いながら、俺の存在を隠すような真似をしたのでしょうか」

「私の妻は、情緒が不安定なところがあってね。それに疲れたときに君の母親と関係を持ってしまったのだけれど。でも、妊娠を知った妻は酷く怒って、彼女に何をするか分からなかったんだ」

お腹の子を守りたい。

その想いから屋敷を抜け出し、流産したと嘘を吐いたのだろう。それでも、末尾に家族になりたいと書いたのは、隠し切れない本音が出てしまったのかもしれない。

そう父は話してくれた。

怒ったり慌てたり、横柄になったり投げやりになったりと、ありとあらゆる嘘吐きの兆候は現れるものだが、父はそうではなかった。

真摯な顔で母を思い、何もできなかったことを後悔しているようだった。

「……分かりました」

真実は分からない。母はもうこの世にはいないのだから。

だが、それでも「分かった」と言ったのは、そうであってほしいという願いもあったのかもしれない。

幼い心が何かを求めて蠢いた。

「君、あの宿屋から出ないかい？　一緒の屋敷にはまだ住めないけど、私が家と使用人を用意しよう。私の手伝いをしてくれたら嬉しい」

あまりにも簡単に手を差し出されて、シリウスは思わず手を伸ばす。

握られた手は温かく、あぁ、これが父親というものなのかとふと思ったのを覚えている。

森の中の小さな家。それがシリウスの新たな居場所となる。

宿屋まで迎えにきた父の使いの男が一緒に住む使用人だと教えられた。

いつか妻を説得して一緒に暮らせるようにするから、ここで待っていてほしい。

そんな言葉を鵜呑(うの)みにしたわけではなかったが、もしもそんなことができたら母の唯一の願いを叶えられるのではないかと考えていた。

母の顔は覚えていないが、母との絆(きずな)が少し深まり、餞(はなむけ)になるのではないかと感傷めいたことを思ったりもした。

次の日、男はシリウスに、父の力になれるように技術を磨けと言ってきた。

最初は刃物の使い方を学んだ。一発で仕留めるにはどこを狙うのか。人間の身体の構造、弱点はどこか。

案外、剣の筋は悪くなかったようで、シリウスはめきめきと力をつけていった。

あらゆる毒を自分の身体に慣れさせ始めたのもこのときからだ。

男に、人はどうやって死ぬかを毎日のように講義されていく上で、何となく興味を持った。

武器や物によって人体を損傷させて殺す方法、毒を盛って殺す方法、あとは難しいが相手の心に入り込んで言葉巧みに操る方法。

人に何かを熱心に教えてもらったことなどないシリウスは、男が与えてくれる知識に夢中になった。

　与えられるものだけではなく、もっと知りたいと自ら見識を広げることもしていく。

　その頃になると、父の手伝いとは何なのかなど気にすることもなく、ただただ貪欲さだけが増していった。

　父は、月に一回くらい顔を見せる。

　半刻ほどシリウスと話をして、そのあと少し男とも話をしていた。一緒に食事をするでもない、どこかに出かけるでもない、ただ会話をするためだけに来るのだ。

　そして父は言う。

　なかなか妻が君を引き取ることを認めてくれないと。

　君の母の願いを叶えようとしているのだけれど、妻が邪魔をする。家政の一切は妻が仕切っているので強引にシリウスを屋敷に住まわせると、おそらく辛い目に遭ってしまうだろう。

「もう少しここにいてほしい。今しばらくの辛抱だ」

　いつも申し訳なさそうにしていた。

「大人になったら、兵士になるがいい。この国を守り、我が家も守ってくれ」

　父はシリウスの将来を考えて、男にいろいろ教え込ませようとしていることも知った。

「妻が許してくれたら」から、「妻がいなくなってくれたら」という言葉になっていった頃、シリウスは男に聞いた。

「あの人は、奥さんを殺してほしいのかな」

明確な言葉が出たわけではない。だが、そう願っているような気がした。

自分ならそれができると分かっていた。

「旦那様も立場がある身だ。なかなか本音を口になどできないだろう」

シリウスはその男の言葉の意味を、もう計り知ることができる年にもなっていた。

――十二歳の秋、初めて人を殺した。

何日も時間をかけて相手の動向を探った。いつ起きて、いつ食事をして、いつ出かけて、いつひとりになるのか。ずっと貼りついては、それればかりを探っていた。

ひとりで眠るらしく、屋敷の中にさえ入り込めばあとは簡単だった。

マッキンジム家の当主の妻。獲物はその人だった。

父がそんなに言うのであれば邪魔なのだろう。けれども父は立場があるから動けないのだ。

なら、自分が殺してあげよう。

だって、彼女は母を追い出した。

母の夢を潰した人。

母が苦労の中で死んでいったのなら、その報いを彼女に受けさせても何ら問題はないだろう。いや、当然受けるべきなのだ。

そう思って、マッキンジム夫人の腹に剣を突き立てた。

痛みで叫ぶ彼女の口を塞ぎ、どくどくと流れる血を見ながら。もうこのくらい出血したのなら助からないだろうと目処をつけて手を離す。

その頃には、マッキンジム夫人はもう虫の息だった。

「貴女がいなければ、俺は家族になれるらしい。これで母さんの夢も叶う」

ざまぁみろと命の灯を消そうとしている彼女を嘲る。

ところが、彼女は死にかけているとは思えないほど強い力でシリウスの胸倉を摑んできた。そして、必死の形相で言い募る。

「……貴方、あのときの子ね？　……逃げなさい……あの人から……今すぐ逃げなさいっ」

そう絞り出すような声で叫んだあと、ぱたりと動かなくなってしまった。

数日後、父はシリウスの家にやってきて、抱き締めてきた。

「ありがとう、シリウス。君がやってくれたのだろう……？」

何も言わなくても分かってくれたことが嬉しかった。

父の妻が死んでこれから葬式やら喪中やらで忙しくなるから、屋敷に呼ぶのはもうしばらくあとだと言われたが、それでも構わなかった。

ようやく母の願いが叶う第一歩を踏み出せたのだから。

それからも森の中の小さな家で暮らし、結局、兵士にはならず、本格的に父の手伝いを始めることになった。

一度人を殺したことで箍が外れたのか、人を傷つけることに何ら抵抗感を持たなくなっていた。

父の敵の弱味を握り、ときには脅し、そして命令されれば殺しもした。それがマッキンジム家にとって正しいことだと言われたからだ。

「君がしてくれているのは、私たちの未来への大きな貢献なのだよ」

父は大いに喜んでいた。

シリウスが十六のとき、使用人の男はパタリと帰ってこなくなった。父に解雇されたのか、それともどこかで野垂れ死んだのか分からない。

そこからはひとりで森の家で過ごし、父の手伝いがないときは傭兵業をしながら暇を潰し、ひっそりと静かに過ごしていた。

もうその頃には屋敷に呼ばれるなど期待はしていなかった。一緒に暮らさなくても父はシリウスを必要としてくれている、家族だと言ってくれている。

貴族の生活など今さら性に合うはずもなく、このまま森で暮らす方がいい。

そんなときだ。

突然、シリウスのもとに予期せぬ客が来たのは。

「君かな？　僕の母を殺したのは」

レイフ・マッキンジムが、森の家にやってきたのだ。

「身に覚えがない」

最初彼が何者か分からなかった。自分に腹違いの兄がいるとは知っていたが、父に紹介をされたこともなければ顔を見たこともない。

名前を知らされて、シリウスは内心動揺した。彼の母親ということは父の妻にあたる。

自分が初めて手にかけた人間。

その息子が目の前にいて、シリウスの罪を問うている。

復讐でもしにきたのだろうか。いや、その前にどうしてシリウスが殺したことを知っているのだろうか。

レイフの顔を見つめながらしばし思考を巡らせていると、彼はふと相好を崩す。

「何も君の罪を糾弾しにきたわけではないよ。今日は君に教えてあげようと思ってね」

「何を」

「僕たちの父の正体を」

彼の言葉は実に魅惑的だった。父の思惑を明確に知りたいと願う自分がいたからだ。

ずっと脳裏で感じていた疑問を打ち消し、父が望むからやってきたが、ふと虚しくなるときがあった。自分は何のために生きているのだろうと。

その問いを煙に巻くように父はお前が必要だと言ってくるが、成長するにつれてだんだんと知恵もつき、子どものときのような無垢さはなくなる。

擦れた心で見れば、疑問点はいくらでもあった。

「さて、君に言いたいことはたくさんある。けれども、まずはこれを」

「……これは？」

「君の母親の手紙だよ。僕の母宛ての」

　差し出されたのは五通ほどの古びた手紙だった。

　父は母からはたった一通の手紙しか貰っていないと言っていた。だが、父の妻が母から他に手紙を受け取っていたということなのだろうか。

　母を追い詰めた人が？

　手紙を開くと、そこには母の近況と、逃がしてくれてありがとうという感謝の気持ちが綴られていた。

　そして、屋敷に残ったマッキンジム夫人の身を案じる言葉も。

「偽物か？」

「まさか。わざわざそんなことをして僕に何の利点があるの？　父に何を吹き込まれたかは分からないけれど、今君の手の中にあるものが真実だよ」

　母はマッキンジム夫人から逃げ出したのではなく、逃がしてもらった。父から逃れるためにこっそりと。

　この手紙からはそうとしか読み取れない。

「君の母親は、父に強姦(ごうかん)されたんだよ。何度も、何度も、いたずらに享楽的に。そして君を身籠もった。残念だけれど、君は望まれない子どもだった」

　マッキンジム夫人は、それを知りながら父が怖くて見て見ぬふりをしていたらしい。

　けれども、母がシリウスを身籠もり、この子がどんな目に遭うか分からないから逃がしてくれと縋りついてきたことで覚悟を決めたようだ。

母を逃がそうと。

「父は君の母親を捜さなかった。そこまで執着していなかったからね、所詮弄んだだけだったってことだよ。でもね、その皺寄せはすべて僕の母に向かった」

暴力は日常的に振るわれていたという。父は外では柔和な顔をしながらも、屋敷の中ではそれが豹変する。

「怖いよ。あの人は笑顔のまま母を殴る」

それでも長年耐え続けていたのは、レイフを守るためだと言う。

だが、マッキンジム夫人はある日、死ぬことになる。父がそう望み、シリウスが実行した。

「どうして父は母を邪魔に思うようになったと思う？」

「それは……」

父に教えられたことを口にしようとしたができなかった。先ほどの手紙でその説明がすべて破綻してしまったからだ。シリウスは長年嘘を教えられてきていた。

「教えてほしい」

知らないことがあるのであれば、真実をつまびらかに。

それが、シリウスがレイフに望んだことだった。

「邪魔をしたからだよ。僕を国王に献上することをね」

「どういう意味か……よく分からない」

「言葉の通りだよ。この国の王族は、血筋なのか好色が多くてね。特に現王は若い男の肌を好む。そして父は僕を差し出して、王に何かと取り計らってもらっているんだよ」

たとえば、次期宰相候補になるための人脈とかね。

レイフは艶めいた笑みを浮かべる。

「形は違えども、僕も君も父に利用され、搾取されている。何て悲しい人生だろうね。ただ息子というだけで、まるで所有物だ。そして性質が悪いのは言葉巧みに操って、自分からそうしたいと仕向けるんだ、あの人は。……覚えがあるだろう？」

そんなはずはとレイフの言葉を振り払おうと思ったが、不意に甦った。

父の妻を殺したときの、最期の言葉を。

『……逃げなさい……あの人から……今すぐ逃げなさいっ』

長年、意味が分からなかった。

けれども、レイフの言葉でようやく意味を得ることができた。

今まで信頼していたものがすべて揺り動かされる。父に引き取られてから十年近くシリウスを形作っていたものに、少しずつ亀裂が入り、ミシミシと音を立てて崩れていく。

今日会った腹違いの兄と名乗るこの人を、すぐに信用する気にはなれなかった。

けれども、今まで微妙に合わなかった欠片たちが、形を変えてひとつの真実を成していく。

「証拠を見るかい？　とても気分のいいものではないけれどね。それでも君は自分の目で確かめた方が納得しやすいだろう？」

翌日の夜、レイフは王に呼ばれている。シリウスを従僕として連れて行くから、自分が何をされ、そして父が何を得ているか知ったらいいと言ってきた。

もしも、父が最初から自分を利用するつもりで引き取ったのなら、母の願いを叶えるためだとありもしない嘘を言っていたのであれば。

シリウスは考えなければならない。

「――ね？　なかなか醜悪なものだっただろう？」

その夜、城の一室のベッドの上に横たわるレイフは、掠れた声で言ってきた。

王に用は済んだとばかりに投げ出された彼は、ぐったりと横臥して動かない。いや、動けないのかもしれない。相当酷い扱いを受けていた。

身体中に体液が飛び散り、血が滲むほどの痕もあった。

おそらく、シリウスに聞かせるためだろう。レイフは王に何度も嫌だと泣きついていた。そのたびに王は興奮して『これは取引だ』『お前の父親の望みを叶えなくてもいいのか』と嬲っていた。

平常心を保とうと思ったが、その醜悪さにシリウスは吐き気を覚えた。

――これが、父が望んでやらせていることなのかと。

そしてこの取引を成功させるために、レイフを守ろうと必死になったマッキンジム夫人をシリウスに殺させた。

そうでなくとも、レイフ同様、シリウスのことはとことんまで利用し尽くそうとしていたのだろう。

愕然としてレイフを背にしてベッドに腰かける。

しばらく考えを巡らせたあとに、シリウスは口を開けた。

「……あいつを殺してやろうか？」

レイフは望んでいるのかもしれない。母を殺したように、父を殺してほしいと。

「いいね。僕もぜひ父を殺したいと思っていたところだった」

やはりか、とシリウスは溜息を吐く。結局お前も俺を利用するのだなと思ったが、それでも父にこれ以上利用されるよりはマシだと思った。

けれども。

「でも、殺すのは君じゃない、――僕だよ。僕が父を殺す」

レイフはむくりと起き上がると、シリウスの胸倉を摑んで自分の方へと向ける。

かち合った瞳は、暗闇の中でも分かるほどに鋭く光っていた。

「君にはその手伝いをしてもらう。拒否は許さないよ、シリウス」

今さら逃げることなどできない。

何故なら。

「もう一度聞くよ。――僕の母を殺したのは君？」

レイフをこの地獄に叩き落としたのは、シリウスなのだから。

シリウスが「父」と信頼を寄せていた男は、ただ我欲のために人を利用するクズだった。
自分がレイフ同様、都合のいい駒なのだと知ったとき、己の愚かさを思い知る。
母が望んだように父と家族になれるのではという淡い期待、そして、微かでも繋がりを感じられたらと願う気持ち。

幼く視野が狭いが故にありもしないものに惑わされ、利用され善き人を手にかけた。
その罪は、シリウスを苦しめると同時に、父の呪縛から解放したのだ。

指示があるまで、今まで通り父の言うことを聞いて大人しくしているんだよ。

そう言ったレイフは、てっきりシリウスを使って何かをさせるのかと思いきや、会うたびに父に何を依頼されたか、父の動向で何か気づいたことはないかと聞いてくるだけだった。

彼曰く、「僕たちは同志」だそうだ。

異母兄弟という一番適当な言葉に当て嵌めることはせず、あくまで同じ目的を持つ同志という立場を崩さなかった。シリウスもそれに倣う。

レイフは戦友のようだった。

ぶれるな、迷うな、惑わされるな。シリウスに何度も語りかけてきた。だから、父に従順に従うふりをしていても、盲目的にならずに自分を保つことができた。

今、自分がどんな状態か。それをレイフが冷静に客観的に指摘してくれる。それでシリウスもようやく己を俯瞰的に見られるようになってきていた。

レイフは、状況確認のために森の家にやってきたとき、一刻ほど眠ってから帰っていく。疲弊した身体と心を癒やすかのように昏々と眠るのだ。

彼がここにやってくるのは、王に抱かれたあとだと気づいたのはいつごろだっただろうか。

服では隠し切れない情事の痕を見つけては、やるせなくなる。まだ、レイフは父を殺す気にはなれないのかと。

そうこうしているうちに、シリウスに新たな指令が下りてきた。

「ローレン・エインズワースを知っているかな？　今、巷で聖女だと崇められている娘なのだけどね、――彼女が邪魔なんだ」

父はもう以前のように遠回しな言葉を使わない。率直に邪魔と言い、あとはどうすればいいか分かっているだろう？　と仄めかす。

ローレンといえば、さすがのシリウスも知っていた。貴族の娘ながら、貧しい人たちを支援し、貴族を優遇する王の政策に反目する女性。

表向きマッキンジムは関係ないと見せかけられるようにと、暗殺を望んでいた。

「殺さずとも、ローレン・エインズワースの清廉潔白なイメージを穢せばそれだけで十分でしょう」

「殺せないと?」

「いえ、そうではなく、殺せば彼女が美化されて永遠に民衆の中に美しいまま生き残っていく。それをエインズワース伯爵に利用されてしまえば、いくら貴方とて覆せなくなるでしょう」

ローレンの父親は声高に言うだろう。自分は亡き聖女の遺志を継いでいくと。そうなれば今度は民衆の人気はローレンの父親に向かっていく。

ならば、聖女としてのイメージを穢し、ローレン自身の人気を落とした方が手っ取り早いとシリウスは説明する。

人間というのは実に勝手な生き物だ。今聖女と崇めている連中も、自分の思い描く聖女像からローレンが逸脱すれば、裏切られたと感じて批判する。

特別な力があるわけでも奇跡を起こしたわけでもない、ただの人間が聖女と崇められているのだ。貶めるのは容易い。

「王家が必要なのは、彼女の人気です。それさえなくなってしまえば、王太子妃に迎える利点は何もない」

淡々とローレンを殺すことで生じる不利益を口にしていたが、本当のところは、父の命令で誰かの命を奪うことをこれ以上したくなかった。

ローレンは貧しい人たちを救っているだけの無辜(むこ)の人。自分の野望に邪魔だからという理由で殺されるべき人ではない。

たしかに聖女としてはもう生きていけなくなるだろうが、命を奪われるよりはマシだろう。シリウスが引き出せる譲歩はここまでだった。

父は結局シリウスの提案に乗ってくれた。どこか腑に落ちない顔をしていたので、まったく賛成というわけではなさそうだったが。

後日、レイフに報告すると、彼は言う。

「なら、命令通りローレン様を堕とすふりをしながら側にいるしかないだろうね。あの人のことだ、自分の望みを叶えるためならなりふり構わないから、何が起こっても不思議じゃないよ。……彼女を守ってあげた方がいい」

父は彼女を執拗に排除しようとするだろう。聖女としての人気を落とすだけでは飽き足らず、その命すらもやはり奪ってしまおうと舵を切る可能性だってある。

「お前は、ローレン・エインズワースとは会ったことがあるか？」

「ないよ。彼女、社交界にも顔を出さないしね。でも、父親は知っているよ。僕、あの人大嫌い。父と同じ臭いがする」

レイフは心底嫌そうな顔をしていた。

「今の地位を築けたのも娘の人気に便乗したからだろうに、自分がどれほどの偉業を成し遂げたのかとか話していてね。聞いていて胸糞悪くなってくる。あいつも自分の子どもを道具としか思っていないタイプだよ」

野心家の貴族というのは、総じてそんなものなのだろうか。そんな中、よく腐らずに慈善事業などができるものだと、ローレンに感心する。

いや、盲目的に父親を信じているだけなのだろうか。ただ、その道しかないと思い込んでいるだけなのか。

「もしかすると、彼女もどこか僕たちと似ているところがあるのかもしれないね」

レイフのその言葉は、昔の自分を思い起こさせた。無知で愚かで、視野の狭い自分。

もし、彼女が自分たちと同じような状況にあるのであれば、救ってやりたい。同情のようなものも湧き出ていた。

ところが、実際に会ってみたローレンはあまりにも善人で、あまりにも他人本位で、常に誰かのために動きたいと望む人間だった。

よく言えば献身的、悪く言えば自己犠牲的。

人の悪意に鈍感で、どこまでも善の心を信じようとする危機感のない暢気な人間。

聖女とはよく言ったものだと呆れ返り、そして苛立ちもした。己のなさが、まるで昔の自分を見ているようだと。

けれども、彼女はシリウスほど空っぽな人間ではなかった。ただ危機感がないわけでも、向こう見ずな愚か者でもない。自分には欲がある、慈善事業が自分の欲だ、と言ったが、シリウスにしてみればどこまでも他人本位なものだった。

ローレンは弱そうに見えて強い。彼女の心をいくら揺さぶっても、次の日にはさらに揺るがない気持ちを持ってシリウスの前に立つ。

ひたむきでしたたかで。ローレンのそんなところが、逆にシリウスの心を揺さぶってきた。

無事を願ってくれたお守りも、子どもの笑顔を守りたいと微笑む姿も。まるで、シリウスが子どもの頃に与えてもらえなかったものを、彼女がくれているような気がした。

ただ、守るだけ。父の魔の手から救うため。

それだけで近づいた人だった。

だが、それだけの理由で側にいるわけではないと気づいたのは、いつだったか。

命令だからではなく、自分の意志でローレンの隣に立っている。そう自覚した瞬間、シリウスの中に生まれた感情。

愛と呼ぶにはあまりにも淀んでいて、残虐なほどの独占欲が渦巻いて醜くて。

こんなもので真っ白なローレンを穢すことに引け目を感じながらも彼女を求めることが止められず、腕の中に堕ちれば堕ちるほどに仄かな悦びを覚えていた。

「やっぱり父から横槍が入ったようだね。よかったよ、君がいて」

ローレンがようやくクローゼットから出て、外に出始めた頃、一度だけレイフと接触した。

いつもは連絡係の男がエインズワース邸の裏に来るのだが、その日は彼自身がやってきたのだ。

「今日は君に伝えたいことがあってね。――近く父を殺そうと思う」

ずっと待っていたそのときがやってきたのだと、レイフは覚悟を決めた顔でこちらを見据える。その真っ直ぐな瞳には、期待と希望が入り混じっていた。

「それでね、君にお願いがあるんだ。ここで僕の母を殺した借りを返してほしい」

そう言われてしまえば、断ることはできない。そもそも断ることもしなかっただろうが。

「父を殺す犯人役を用意してほしいんだ。いるだろう？　エインズワース邸に、ちょうどいいのが」

すぐに思い浮かんだのはエズラの顔。彼もまた、ローレンを虐げる人間のひとり。

「いる。ちょうどいい具合に小心者で卑屈で、操りやすいのが」

差し出すことに心が痛むこともなかった。

「エインズワースとマッキンジム、相打ちにさせるつもりか？」

「そう。同時に膿(うみ)を出せてちょうどいいでしょう？」

「そしてお前が宰相の座をいただくというわけだな」

レイフはニコリと微笑んだ。

彼の目的は、父を殺すことだけではない。父が願った宰相の地位を横から掻っ攫うことも含まれていた。

それは父に対しての復讐であるし、同時に自分を蹂躙(じゅうりん)し続けた国王への復讐でもある。

「僕みたいに望まない奉仕をさせられる人間がこれ以上出ないように、王家の手綱は僕が握るよ。ついでにもっと民衆に目を向けた政治もやっていきたいかな」

虐げられてきたレイフの念願であり、悲願でもある。復讐心だけではなく、この国を変えていきたいという思いが根底にあるのだろう。

そのために父について回り、顔を広げている最中なのだと。

最大の取引相手、国王にもそれなりの便宜を図ってもらうために身体を使って篭絡し、欲しいものを手に入れようとしている。

ただ、痛めつけられるのではなく、したたかに。むしろそれを利用して欲しいものを手に入れようとするレイフの根性は、案外気に入っていた。

「……レイフ、もしもの話だが」

彼がこちらを見る。シリウスも彼の方を見て真っ直ぐに問うた。

「俺がローレン様と逃げたいと言ったら、お前は許してくれるか？」

許可を求めるものでもない。勝手に姿を消せばいいだけのこと。

けれども、それをしてしまうにはあまりにもレイフとは切れない縁があった。互いに利用し合う関係だったとしても、別れるときは後腐れがない方がいい。

「もしかして、ローレン様に惚れたの？」

「ああ」

「堕とすつもりが、まんまと自分が堕とされたんだ。随分とへまをしたね」

「まったくだな」

改めて他人の口から自分の状況を聞くとおかしな気分になった。たしかに、レイフからすれば、下手を打ったことになるだろう。

だが、レイフは言う。

「いいんじゃないかな。君の好きに生きなよ。父を殺したあとは君は君の人生を歩めばいい。それにね、君が彼女に恋をしたというのなら僕は喜ばしいことだと思うよ。……僕はもう、一生恋なんてできないだろうからね」

代わりに君が幸せになってくれるなら、僕は何も否定しない。

今も身体中に残っているであろう情事の痕を服の上から撫でるように手を当て、レイフは儚く微笑む。

「お前も幸せになる資格はある」

代わりに、などと言わないでほしい。彼もまた、相応の幸せを手に入れるべきなのだ。

「もちろん、僕は僕で違う形だけど幸せになるよ」

それが、父に成り代わって宰相になり、国を動かすことなのだろう。

「犯人役の用意は任せろ」

以前から、あの煩いほどに回る口が嫌いだった。その口でローレンに命令し、ローレンを勝手に操り、父親に報告すると脅してはローレンの心を削ぎ続けた薄汚い口が。

エズラを連絡係の男に引き渡したとき、用意していた「魔女の軟膏」も渡す。

いわゆる幻覚症状や酩酊状態を引き起こす薬草がいくつも練り込まれたものだ。

これをエズラに塗れば顎の痛みで騒ぐこともなく、――父を殺すときも気が狂ったのだと思われるだろう。

ローレンが堕ちたことを知った父――ジム・マッキンジムがご機嫌で馬車で出かけるときに襲う。

何もエズラが殺す必要はない。

長年積もりに積もった恨みを持つ人間が、すぐ側にいるのだから。

あとは、エインズワース伯爵の命令でエズラが父を殺したのだとレイフが報告すれば、おのずとローレンの父親も破滅の道を辿ることになる。

嬉しさを隠せないのだろう、たった今父親を亡くした息子とは思えないほど満面の笑みで現れたレイフを見たときは呆れてしまったが。

だが、もう自分たちを縛る者はいなくなった。

ずっと、騙し続けてきた男は、騙した息子たちに無惨に殺され、すべてを奪われた。

（さぞかし惨めだろう）

シリウスは心の中でほくそ笑む。

本当は父の遺体に蹴りのひとつでも入れてやりたかったが、それよりも大事なものがあった。

「俺は行くぞ」

ルドルフを踏みつけて楽しそうにしているレイフに声をかけると、彼は振り返って手を振った。

「好きにしていいよ。ローレン様のこと、しっかり奪っておいでよ。あっ！　ちゃんと言われたもの、用意してあるから使って」

それは男女の遺体。ローレンとシリウスの代わりをさせるための遺体の入手を、レイフが担ってくれていた。

それと、餞にシリウスが得られるはずだったマッキンジム家の財産の半分を。

さぁ、今度はエインズワースにとどめを刺してこようと部屋を出ようとすると、不意にレイフが言葉を投げかけてきた。

「幸せになりなよ、シリウス」

「お前もな」

それが、シリウスを同志だと言った異母兄との今生の別れだった。


荷馬車を捨て、用意してあった馬で夜通し駆けた。

身体が辛いかもしれないが、早いうちに遠くに行ってしまいたいと言うシリウスに、ローレンは大丈夫だと答える。か細い身体に無理はさせたくないが、今は我慢してもらうしかなかった。

ローレンの銀色の髪の毛は目立つ。フードを被らせて移動したが、それでも早めに王都から離れた方がいいだろう。どこで彼女を知っている人に出くわすか分からない。

ようやく王都から遠く離れた町に辿り着き、宿屋に入る。

土埃と汗で汚れた服を脱ぎ、ふたりで風呂に入ったあとにベッドに倒れ込んだ。

（――ようやく）

ふたりだけの世界に来れた。聖女のローレンではなく、護衛のシリウスでもない。ただのふたりに。

シリウスはローレンの身体を抱き締めながら、その喜びを噛み締める。

だが、一方で不安もあった。

道中、彼女は何も聞いてこなかった。シリウスが裏切っていたのかとか、自分が知らないところで何をしていたのかとか。聞きたいことはたくさんあるだろうに。

「聞かないのですか？」

「何を？」

「俺が貴女を裏切っていたのか、とか」

聞いてどうするのだろう。口に出してしまったあとで自分に問いかける。

聞かれたら、もちろんすべてを話すつもりではいるが、果たしてそれを耳にした彼女が何を思うのか。

もし、抱いた感情が嫌悪や憎悪だったとしたら。

何故か、自分が父に騙されて殺してしまったマッキンジム夫人の顔が脳裏を過った。

ところが、ローレンはシリウスの不安を和らげるようにふんわりと微笑んだ。

「私、どちらでもいいの。シリウスさんが裏切っていても、そうでなくても。だって、今ここにいることが答えだと思っているから。ちゃんと約束を果たしにきてくれたことがすべてだって」

慈愛に満ちたその顔で、シリウスへの深い愛を説くのだ。

きっかけがどうであれ思惑がどうであれ、一緒にいられるのであればそんなものは些末なこと。今ある幸せの前では霞んでしまうのだと。

過程は関係ないのだと。

——泣いてしまいそうだ。この人の脚にしがみついて、子どものように泣きじゃくりたい。

そんなシリウスの想いが漏れてしまったのか、クシャリと顔を崩しながら笑ってしまう。

「では、何も聞かないわ。でも、シリウスさんが話したいのであれば、聞いてあげる」

「聞かないのですか?」

「……そうですね。おいおい話していければと思っております」

いつか、どこかで。今はまだ自分のヘドロのような汚さを見せる勇気はない。

けれども、ローレンは聞いても先ほどのようにその愛で包んでしまうのだろう。自分にもシリウスの罪を背負わせてほしいと言って。

分かち合いたい。でも、もう罪に濡れてほしくない。

穢されるのであれば、罪ではなくシリウス自身にしてほしい。どこまでも深く、染まり切らない純白を揺蕩う、不純物のように。

「今、貴女を無性に抱きたい」

きっと、ローレンは疲れているだろう。無茶をさせてはいけないのも分かっている。

だが、溢れる愛が止まらない。今すぐにでも彼女を貪りたくて仕方がなかった。

欲のままに無体を働きかねないと、先ほどの言葉を取り消そうとしたとき、ローレンはむくりと身体を起こした。そしてシリウスの腹の上にのってくる。

「……随分と大胆ですね」

彼女の思わぬ行動に、シリウスは目を見開く。

「シリウスさん、疲れていると思うから……わ、私が……」

こちらの欲を汲んだのか、それともローレン自身も望んでいるのか。

顔を見れば分かってしまう。ローレンもまた、ふたりで愛を交わしたいと強く望んでくれているのだ。

「……あの……どう動けばいいのか……ご教示願えますか？」

ところが、恥じらいはあるようで、顔を赤く染めながら聞いてきた。

こういうところが愛らしくて堪らない。

「――では、着ているものをすべて脱いでいただけますか？」

シリウスの指示通りにワンピースを脱ぎ、下着も足から引き抜く。

幾度もシリウスの前で裸になったことがあるというのに、いまだにすべてを曝け出すのは恥ずかしいのだろう。再び彼の上に跨ると、自分の身体を隠すように腕を巻きつけている。

　恥じらう姿にゾクゾクしていると、ローレンはちらりとシリウスの胸元を見てきた。

「……あの……もしよかったら、シリウスさんも脱がせても……いい？」

「もちろん、どうぞ」

　好きにしていいと両手を広げると、ローレンは嬉しそうに微笑んだ。

　たどたどしくだが、シリウスの上着を脱がせ、シャツを脱がせると、じぃっと露わになった身体を見つめている。

「下はいいのですか？」

「そ！　……そちらは、その……自分で」

　どうやらここまでが限界のようだ。上半身を剝いただけで満足するなんて、あれだけ抱かれてもまだ初心だ。

「次はどうしたら？　あ、あの、もう……挿入れる？」

「いえ、先に貴女のここを解さなくては」

　ここ、と指を秘所に差し入れると、ローレンはピクリと身体を震わせる。

「すでに少し濡れていますね」

　湿り気を帯びた中を指でぬち、ぬち、と弄ってやると、ローレンは顔を手で覆っていた。

　シリウスが変えたこの淫靡な身体は、もう自分の言葉ひとつで準備を始めるようになった。触ってもいないのに、胸の頂がピンと勃ち上がり、肌が紅潮していっている。

　美しい肢体が熟れていく様は、目が離せなくなるほどに凄艶だ。

「……ぁ……んンっ……ふぅ……んぁっ」

　シリウスの指を根元まで咥え込んだ秘所は、あっという間に解れていった。水音が立つまで愛液が滴り、媚肉が三本の指に絡みついてくる。

　膣壁の感じる部分をグリグリと虐めてやると、ローレンの腰が揺れて淫らに踊った。

　そんなローレンの痴態を、シリウスはつぶさに見つめていた。ベッドに横たわり、自分の上に跨りながらよがるローレンをあますところなくじっくりと。

　視線にもまた感じたのだろう。腰が抜けそうになってしまったローレンは、シリウスの腹に片手を突いた。

「……はぁっン……あぁ……ひぁ……ま、まだ……ダメ……？　まだ、ほぐさないと……いけない……の？　……あぁンっ」

　もうこの体勢を保っていられない。快楽で骨抜きになって今にも彼の胸の上に倒れ込んでしまいそうだと、その先を求めた。

「どうしてほしいのですか？　ローレン、ちゃんと言ってください」

「……ふぅ……ンん……」

「ローレン」

「ひぁっ……あぁンぁ……んぁ」

口を割らせるように乳首をつねると、ローレンはあられもない声を上げて背中をしならせた。ついでに秘所を虐める指の動きも激しくし、容赦なく追い詰める。

こうしてやると、ローレンは歓喜に打ち震えながら口を開く。

瞳を涙で潤ませ、こちらに許しを乞うような顔は何度見ても欲をそそる。

「……い、いれて、……いれてくださいっ……シリウスさんの、ものを……もういれてっ」

もうこれ以上虐めないでと首を横に振りながら懇願する姿を見て満足したシリウスは、指を抜いてローレンの腰を擦る。

「では、貴女が欲しいものを、取り出して」

欲しいもの、と言われ、ローレンは視線を下に落とした。まだ脱がされていないトラウザーズの下で窮屈そうにしているそれを見て、ごくりと息を呑んでいる。

ベルトを外して前を寛げると、熱を持ったそれが勢いよく出てくる。節操もなく血管が浮き出るほど滾るそれに、ローレンは目を丸くしていた。

「それの上を跨いでください」

言われた通りに彼女がすると、屹立の切っ先が秘裂をくすぐる。上手く中まで導けずに苦労している様子を見て、「自分で持って挿入れてください」と誘導した。

ローレンがシリウスの屹立を持ち、それを自身の中に収めようとしている姿の何といやらしいことか。どうしようもない高揚感がシリウスを突き上げる。

「そのまま腰を落として。大丈夫です。貴女のそこはちゃんと俺を受け入れるようになっていますから」

自分が彼女の身体をそう作り変えた。じっくりと、ゆっくりと。

シリウスだけを受け入れるように、シリウスだけしか許さないように。熱くトロトロと蕩けたローレンの中は、シリウスの屹立に絡みついて締めつけてくる。まるで悦んでいるかのように。

嬉しさに頬が緩む。

「手を繋いでください」

両手を差し出すと、ローレンは指を絡ませる。

そのまま上下に動くように頼むと、ローレンは試行錯誤をしながら腰を少し浮かせてはまた沈めるを繰り返した。

これでいいのかとこちらを窺う彼女を「上手ですよ」と褒める。

「……ンはぁ……あぁ……あっ……あっ……ンぁ」

それが嬉しかったのだろうか。彼女は懸命に腰を動かしてきた。握った手をギュッと強く摑み、腰も胸も揺らす姿。

一見卑猥に思えるその姿は、シリウスには違うものに見えた。

「――綺麗です、ローレン。……貴女は本当に綺麗だ。俺に穢されても、それでも……」

どこまでも高潔で、どこまで美しい。

それはまるで、皆が求めた聖女のようだ。

慈悲を与え、愛をくれる聖女様。

——けれどももう、シリウスだけの聖女だ。

自分だけがローレンの真の愛を受け取り、彼女のすべてを知る。誰にも利用されない、誰にも振り回されない、自分の心のままに生きる聖女。

「……愛してる……愛しているわ、シリウス……っ」

ローレンの愛の言葉に、シリウスは上体を起こして抱き竦めた。痛いくらいに強く。

「貴女を一生大事にします。生涯愛し尽くします、ローレン」

「……あぁっ！　……あっ……ひぁ……あぁン……っ」

そのまま後ろに押し倒し、今度はシリウスを見上げる形になったローレンを激しく攻め立てた。想いのすべてをぶつけるかのように。

愛を捧げるように。

「……っ……ローレンっ」

ローレンは快楽のままに啼き、そのまま気をやってしまう。

気を失ったままの彼女の膣奥に精を叩き込み、擦りつけ、最後の一滴まで注ぎ込んだ。

息を荒らげたまま、シリウスは目を瞑って動かないローレンを見つめる。

彼女を抱き締めて胸に耳を当てると、しっかりとした鼓動が聞こえてきてホッとした。

「……ローレン」

まだ己の中に燻る熱があるのか、シリウスはローレンの身体に口づけを落としていく。

執着の証を、足りない、まだ足りないとばかりに咲かせ、彼女の柔肌に歯を立てた。

再びこの腕の中に掻き抱いたローレンは、まるで聖女のようだった。

シリウスの裏切りを問うこともなく、責めることもなく、ただここにいることが何よりの証だと言って許しを与える。

彼女の愛がすべてを許し、そしてシリウスがいることがすべてだと言ってくれるのだ。

言いたければ言えばいい。ちゃんと聞いてあげると、慈愛に満ちた目で見つめられて、言葉を失った。

怖くなったのだ。

ローレンは、シリウスがどれほど堕としても溺れさせても、その心は高潔なままだ。表面は穢れたように見えて、その実、中身はまっさらなまま。誰にも穢せない聖域のよう。

一緒に罪を背負うと言ってくれたことも、裏切りなどどうでもいいと言ってくれたときも。彼女の中で一本筋の通った何かが、絶対にぶれない何かがシリウスのどす黒さを凌駕(りょうが)していく。

ローレンの愛に触れると泣きたくなる。

優しさなど無用だ、ぬくもりなど、情など、――愛情など、そんなものは必要ない。シリウスはそれらを邪魔に思えども、自分を豊かにするとは知らなかった。

ずっと触れてこなかったから。

それなのに、彼女は与えてくれる。いらないと突っぱねても、そんなものを持っていては生き残れないと教えても、決して捨てようとしないのだ。

ローレンを自分の色に染めるのは酷く興奮した。頭が焼き切れるほどの興奮を覚えた。

今もそうだ。

情事で気を失った彼女の身体を貪るように口づけている。痕を残して、収まりの利かない欲をぶつけていた。

いつか、彼女を壊してしまいそうで怖い。どこまでも追い立ててしまいそうな自分が、どろどろとした感情をもたげて舌なめずりしている。

ローレンは、きっとそんなシリウスを傷つきながらも受け止めてくれるのだろう。

大事にしたい。

誰よりも大切にしたい。

でも、身も世もなく泣き叫ぶほどにぐちゃぐちゃにしたくて堪らない。

そんな薄汚い欲を抑えるのに必死になっている自分が酷く滑稽だった。

(血筋か……)

人の愛し方も知らないシリウスは、何が正しいのかも分からない。この嗜虐的な部分は父に似たのだろうかと不安になることもある。

頭の中の父親が「お前もケダモノだ」とせせら笑うが、そのケダモノを飼い馴らしてやると言い返す。

「……貴女が俺に愛想を尽かしても、もう放してやれそうにない」

終章

「ねぇ、知ってる？　エル＝ウィステリアって国には聖女様がいたんだって」

数人の女の子たちが、道端で輪を作り話に花を咲かせていた。

農業で生計を立てている人が多いこの町は、子どももまた仕事に駆り出される。幼い頃から農具を持ち、農作物を収穫し、毎日立派な働き手として従事していた。

そんな中の娯楽と言えば、同じ年頃の女の子と集まって噂話に興じること。

恋の話だったり、近所の誰それが何をしただのと身近な話題が多い中、ふとひとりの少女が最近聞いた話を口にした。

「何、聖女様って。嘘臭い。奇跡でも起こせるの？」

「え〜？　奇跡を起こせるなら、聖女様今すぐ私をこんな田舎から連れ出して〜！」

茶化すように皆が言うと、その少女はむくれながらも続きを口にした。

「よく分かんないんだけど、その聖女様っていうのが、父親が人を殺したか何かして、その罪を代わりに贖うために自身を火で焼いて亡くなったんだって」

「えぇ！　怖いっ」

「ここからが本題なんだけど、その聖女様が亡くなったあとに、国中の貴族のお嬢様に手紙が来たらしいの」

「え？　え？　死人からの手紙？　やだ！　怖い話ならやめてよね！」

「怖い話じゃないから。その手紙にはね、『どうか皆で貧しい人たちを救いましょう。皆が手を差し伸べれば、たくさんの人を救える。ひとりひとりが聖女なのです』って書いてあったんだって。それでいろんな人が感動して、貧しい人を救う運動を始めたらしくて。そのおかげでエル＝ウィステリアって国は、今では凄くいい国になったらしいよ」

「へぇー、手紙ひとつでね。それこそ聖女様の奇跡じゃん」

「うちにも起きてくれないかなぁ。聖女様の奇跡。どうかこの田舎から連れ出して〜」

「あんたそればっかりじゃん！」

　きゃはは と皆で笑う。皆、田舎の暮らしに退屈しているものの、抜け出す気もない。ただの冗談のように言い合った。

「そういえばさ、その亡くなった聖女様の名前、『ローレン』っていうらしいよ」

「あの人と同じ名前じゃん。えーと、あのすっごくかっこいい人の奥さん。夫婦で一緒に教会で身寄りのない子の面倒見ているんだっけ？」

「あ〜、ローレンさんね。たしかに、あの人なら聖女って呼ばれてもおかしくないわ。凄くいい人だもん」

「本当は同じ人だったりして」

「そんなわけないじゃん。聖女様はもう亡くなってるんだって」

「そうでした～」

「あ！　私、そのローレンさんに届けものがあるんだった。お母さんに頼まれていたの、忘れてた！　じゃあね！」

とある国の聖女の話をした少女は、輪を抜けて去っていく。

一旦家に帰り、届けるようにと言われていた林檎を入れた籠を持つと、少女は足早にローレンの家へと向かった。

「ローレンさん！」

少女が呼ぶと、肩口で切り揃えた黒髪の女性が振り返る。少女を認めると、彼女はふんわりと微笑んで近づいてきた。

（たしかに聖女様っぽい）

少女は先ほどの会話を思い出して、少しドキドキしてしまった。

「林檎、お母さんからローレンさんに持って行けって頼まれていたの」

「わぁ！　ありがとうございます！　林檎凄く好きなので嬉しいです！」

花が綻ぶように笑うローレンは、少女から籠を受け取り、中から一個林檎を取り出した。袖で皮を拭くと、大きな口を開けてかぶりつく。

「頬が落ちそうなくらいに美味しいです。お母様にお礼を伝えてくださいますか？」

満足そうに林檎を頬張るローレンをじぃっと見つめる少女は、フッと肩を竦めた。

「どうしましたか？　私の顔に何かついてます？」

「いいえ。そうじゃなくて、ローレンさんが聖女様なんてやっぱりあり得ないな～と思って」

貴族のお嬢様は大きな口を開けないと聞いている。人目も憚らずに口を開ける彼女が聖女なわけがないと思って口にしたのだが、何故かローレンは盛大に噎せていた。

「大丈夫？」

「……だ、大丈夫です……」

ローレンの背中を擦ってあげると、徐々に落ち着いてきた。

「じゃあ、私もう行くね」

「ええ、帰り道お気をつけて」

少女はローレンに手を振って去っていく。

ローレンはその姿が見えなくなるまで手を振っていた。


「……お、驚いた」

ローレンは齧った痕がついた林檎を持ったまま呆然とする。今も心臓がバクバクして煩いくらいに鳴っていた。

「まさか、ここまで聖女ローレンの話が届くとはな」

「……シリウス」

玄関先で話をしていたのが彼の耳にまで届いたのだろう。シリウスは笑いながらローレンを後ろから抱き締めた。

「凄く神格化されていて、聞いているこっちの方が恥ずかしくなるわ……」

死者は美化されるものだと聞いてはいたが、まさかあんなふうに話が世界中に広まるとは思ってもみなかった。

それもこれも、ローレンがコツコツと令嬢たちに向けて書いていた手紙を、ローレンが死亡したと発表されたあとに使用人が見つけて宛先に届けてしまったのが発端だった。

そこから話は広まり、国中で慈善活動をしたいと人々が名乗りを上げた。

ちょうど王が亡くなり、ルドルフが新王となったばかりの頃だ。結局新たな宰相にはレイフ・マッキンジムが選ばれ、その手腕を発揮しているらしい。

貴族優遇の政治ではなく、国民全員の富と幸せを考える政治に舵を切り替えたらしく、それが慈善活動といい感じに調和が取れたのだろう。

そのきっかけを与えたローレンの手紙が奇跡を起こしたと言われているのだ。

「でも、ローレンが望んだ結果だろう？　皆が動き出せば、聖女なんてものはいらないって」

「……それもそうね」

エル＝ウィステリアを出るとき、後悔はないが心残りはあった。

だから、ほとぼりが冷めた頃、一度だけ戻ったことがある。――あの孤児院にだ。

真夜中、孤児院の裏口の扉をノックすると、警戒しながらシスターが顔を覗かせた。そのときにはすでに髪の毛を切り黒に染めていたのだが、彼女はローレンの顔を見た瞬間抱きついてきた。

ローレンが亡くなったと知らされていたであろうシスターは、涙を流しながら生存を喜んでくれていた。

そんな彼女に、ローレンはあの夜、出立する際に混乱に乗じてこっそり自分の部屋から持ち出していたものを差し出す。

せめてもの気持ちとしてと、持っていた宝石をシスターに渡した。

『ローレン様……ご自分の道を見つけたのですね』

もう自分にはこんなことしかできない。子どもたちのことも見捨てるようになってしまい、申し訳ないと思っている。

ローレンが頭を下げると、シスターは首を横に振った。

『そんなことをおっしゃらないで。今まで十分に助けていただきました。幸せをたくさんいただいたのです。だから、これからはローレン様自身が幸せになるべきなのですよ』

本当はずっと足枷になっているのではないか、ローレンの厚意に甘えすぎているのではないかと心配だったらしい。

『それに、聖女様の手紙のおかげで孤児院を支援してくれる人が現れました。いろんな人たちが手を差し伸べてくれます。――すべて、貴女が起こした奇跡ですよ』

そう言ってローレンの背中を押してくれたシスターは、最後まで笑顔で手を振ってくれていた。今もまだ、そのときの顔が心の中に残っている。

自分が聖女と呼ばれ、やってきたことは正しかったのかと問われたら、よく分からない。でも、シスターの言葉が答えのような気がした。

聖女のいらない国。皆が手を差し伸べ助け合う世界。これこそがローレンが望んだものだ。

自分の死は意味のあるものになったのだろう。

「バレないようにしなくちゃ」

「バレないよ。もう別人だ」

シリウスと同じ色に染め短くした髪の毛、純白のドレスとマリアヴェールではなくエプロンドレスとブーツ。もう聖女の頃の面影はない。

最愛の旦那様と異国の地で慎ましく暮らすローレンを、誰が聖女と呼ぶだろうか。

「林檎、一口欲しい」

ローレンが持っている林檎を強請るシリウスの口元にそれを持っていくと、彼は大きな口を開けて齧る。

「美味しい？」

「ん、美味しい」

口についた果汁を舌で舐め取りながらシリウスは頷く。

「じゃあ、教会の皆にアップルパイを作って持って行こうかな」

ローレンは、子どもたちが目を輝かせながらアップルパイを頬張る姿を想像して笑う。

シリウスは、そんな彼女を見て愛おしそうに微笑んだ。

あとがき

はじめましての方もそうでない方も、こんにちは、ちろりんです。

この度は、ローレンとシリウスのお話をお読みくださりありがとうございます！

今回は、ソーニャ文庫さんの、「歪んだ愛は美しい」をテーマとして書かせていただいたのですが、なかなか難しいですね。歪んだ愛は大好きなのですが、書くのはまた別と申しますか……上手く書けなくて、他の作家さんあんなに美しく書けるの凄い〜！　と思いながら書きました。

いつかあとがきで「今作のイカれたメンバーを紹介するぜ！」とやってみたいと思っていたのですが、数年後にこのあとがきを見たとき「黒歴史〜！」と床の上をローリングしそうなのでやめました。

けれど、今回のお話で一番アレな人は誰かなと考えたら……シスターかなと。

人に善の道を説きながら、過去に夫を刺して逃亡し、他国でシスターとなり身を隠し子どもたちを育てている彼女が、何だかんだ一番したたかで長生きするキャラではないでしょうか。

編集様にはとてもお世話になりまして。お声がけいただいたのももちろんなのですが、内容についても相談させていただき、ここまでようやく漕ぎつくことができました。己の力不足を痛感しながらもいい勉強になりました。

イラストを担当してくださった緒花（おはな）先生、ありがとうございます。

このお話は真っ白なヒロインが真っ黒なヒーローに染められていくというイメージを持っていたので、緒花先生が描かれる白と黒のコントラストがとても素敵でとても感動しました。本当に感謝しております。あと挿絵のシリウスの悪役顔とても好きです。

さて、最近アーリーレッドの出汁（だし）酢漬けにはまっている私ですが、夏の暑い日は酸っぱいものが最高！　とバクバク食べています。もともと酸味が好きでして（ラーメンにも酢をたくさんかけて食べます）、興味本位で調べてみたのですが、酸味が好きな人は新しいものへの探求心や、刺激を求める気持ちが強いそうです。

創作の刺激になるものを日々探しつつ、また新たなお話を書いていきたいですね。

それでは、またどこかでお会いできますように。

ありったけの感謝を込めて。

ちろりん

この本を読んでのご意見・ご感想をお待ちしております。

◆ あて先 ◆

〒101-0051
東京都千代田区神田神保町2-4-7 久月神田ビル
㈱イースト・プレス　ソーニャ文庫編集部
ちろりん先生／緒花先生

偽りの護衛は聖女に堕ちる

2022年10月6日　第1刷発行

著　　者　ちろりん
イラスト　緒花
編集協力　adStory
装　　丁　imagejack.inc
発 行 人　永田和泉
発 行 所　株式会社イースト・プレス
〒101－0051
東京都千代田区神田神保町2－4－7 久月神田ビル
TEL 03－5213－4700　FAX 03－5213－4701
印 刷 所　中央精版印刷株式会社

ISBN 978-4-7816-9734-5
定価はカバーに表示してあります。